月湖的超级外婆

徐晓虹 著

江苏大学出版社
JIANGSU UNIVERSITY PRESS
镇江

图书在版编目(CIP)数据

月湖的超级外婆 / 徐晓虹著. — 镇江 : 江苏大学出版社, 2023.8(2023.11 重印)
ISBN 978-7-5684-1910-9

Ⅰ. ①月… Ⅱ. ①徐… Ⅲ. ①纪实文学 — 中国 — 当代
Ⅳ. ①I25

中国国家版本馆 CIP 数据核字(2023)第 043490 号

月湖的超级外婆
Yuehu De Chaoji Waipo

著　　者/徐晓虹
责任编辑/李菊萍
出版发行/江苏大学出版社
地　　址/江苏省镇江市京口区学府路 301 号(邮编: 212013)
电　　话/0511-84446464(传真)
网　　址/http://press. ujs. edu. cn
排　　版/镇江文苑制版印刷有限责任公司
印　　刷/江苏凤凰数码印务有限公司
开　　本/890 mm×1 240 mm　1/32
印　　张/8. 375
字　　数/203 千字
版　　次/2023 年 8 月第 1 版
印　　次/2023 年 11 月第 2 次印刷
书　　号/ISBN 978-7-5684-1910-9
定　　价/38. 00 元

序一

饶有兴味地读完徐晓虹所著《月湖的超级外婆》，感慨万千，不胜唏嘘。

这是一部纪实性文学传记，全书 16 章 69 节外加一个“尾声”，洋洋洒洒二十万字，真实地记述了作者的外婆赵照云（1918. 12. 29—2010. 03. 13）传奇的一生。书中人物命运跌宕起伏，故事情节曲折感人，外婆一生遇到的事情真不少！此书通过外婆及其周边的人和事折射出中国社会的百年变迁，既是文学作品，也可以当作一部社会史来读。

全书以外婆的一生为中心，娓娓述说她从 6 岁的“大脚板”赤脚小娘一直到 92 岁高寿安详地在家中客厅的躺椅上离亲人而去的历历往事，使人有身临其境之感。外婆的形象以及她周围的亲人、邻里、同事等各色人物，个个鲜活生动，作者的笔触饱含感情。阅读过程中我几度落泪，比如赵照云卖血养家、丈夫因庸医误诊而突然去世、英俊出色的大儿子英年早逝……作者笔下的月岛 17 号，是大家庭聚居的老宅，许许多多悲喜故事都在这里上演，如今已成历史陈迹，引人遐想。我很佩服作者的叙事能力，生动丰富的细节，朴实明快的文笔，深深地打动了我。

作者勤搜博采，善于铺陈，涉笔成趣，本书在写外婆的同时介绍了大量与宁波有关的风土人情、名人往事、趣闻传说，以及围绕月湖的众多名胜古迹、历史人物和掌故轶闻等，还有宁波传统名菜名点，简直是一部宁波百科全书，令人目不暇接。每章开头引用历代文人墨客吟咏月湖的诗句，与该章内容相照应，恰到好处，相映成趣。书中还用了很多宁波老话、民谣、儿歌、谚语等，浓浓的故乡味扑面而来，让我这个多年在外漂泊的游子读来心有戚戚焉。对于非宁波籍的读者来说，阅读此书也可以多维度地了解一下宁波。

作为一个“老宁波”，书中所述有好多我还是第一次听说，比如宁波人过中秋节是八月十六，而不是八月十五，之前只是根据耳食之说，以为是因为有一年抗击倭寇，耽误了八月十五，所以打完仗后到第二天才过中秋节。但是此书依据史料，说这是南宋宰相宁波人史浩的母亲生日在八月十六的缘故，如康熙《鄞县志》记载：端午之龙舟，八月十五之中秋，天下皆然，唯四明则以十六为中秋，以中秋竞龙舟。相传史越王母夫人以十六日生，故而是日为佳节，遂以龙舟娱其亲，俗因之不改，天时人事皆为相君所移。清代诗人袁钧在《鄮北杂诗》中也说：“鄮峰寿母易中秋，七百年中俗尚留。从此非时来竞渡，家家十六看龙舟。”“鄮峰”就是史浩的雅号。我为自己对故乡了解太少而感到惭愧。书中对于唐代诗人贺知章，宋代楼郁、楼钥祖孙，日本画僧雪舟，以及吴冠中水墨画《双燕》等与月湖关系的描写，都让我增长了见闻，并更加热爱自己的故乡。

我的本行是汉语史研究，对语言比较敏感，也很有兴趣。本书中涉及很多地名，有些是我以前没有听到过的，比如“象鼻巷”，我对“鼻”的本地人读音感到好奇，就问过晓虹“鼻”是读“别”（文读音）还是读“白”（白读音）；又如“小砚岳池”，“砚岳”就是“砚瓦”，即砚台，宁波话“砚瓦”的“瓦”读音促化，就读作了入声，字因之写作“岳”，这是语流音变中舒声促化的佳例。这些是我读此书的意外收获。

晓虹是我三十多年前教过的学生，1986 年，我们同时进入宁波师范学院中文系，那时我是老师，她是学生。晓虹真诚热情，心直口快，做事风风火火，有其外婆的遗风。

我为她能写出这样一本有意义、有价值的好书而感到高兴和自豪。略述读后感如上，权以为序。相信读者读完此书也会和我一样，被感动，受教益。

汪维辉

2022 年 12 月 5 日于浙江大学港湾家园寓所

序二

于平凡中见不凡，便是《月湖的超级外婆》题中“超级”之意。

1991年，还是海曙公安分局团总支书记的我，因警民共建，有幸结识了书中这位“超级”外婆——月岛居民会主任赵照云。彼时的她已年过古稀，而我才及弱冠，她超强的沟通协调力让我受教颇深。此后经年，我们成了忘年之交。回看此书，我才恍悟，外婆的“超级”之处并非自然天成，而是在历经人世起伏、饱尝悲欢离合、洞明人情万象后，沉淀内化成的通透豁达之智和稳健向上之力。

这股内化力蕴含着求知力。若未翻看《月湖的超级外婆》，我怎么也料想不到，那个能将湖心寺变迁如数家珍般娓娓道来的“超级”外婆，那个信手拈来便能浅吟一句“月湖桥上廉纤雨，催得桃根打桨归”的赵主任，竟是一位临近中年才扫盲识字的“出脚娘子”。时至今日，我仍清晰地记得，每每巡逻月湖，每到一处文保、古迹，赵主任都会先向我解说它的前世今生，道明其历史价值与现实意义，再仔细查看门窗、防火设备等。她的“超级”记忆令我折服，对月湖翔实而又生动的描述，将半部宁波史深植于我心中。虽几近不惑才识字求学，但年近古稀已“满腹经纶”，可见赵主任学习勤勉、悟性极高，也正是她的通学深悟、一体构建，才凝练出了这份收放自如的待人之法、处世之道。

这股内化力释放着亲和力。在我的记忆中，月岛片区几乎户户熟识赵主任，人人皆唤“庄家外婆”，这位把大家事都当作自家事管的“超级”外婆，成了居民心中那块能压稳万千事的“咸齑石头”。遇到街坊邻里，“庄家外婆”的乡音话语如姆妈般亲切，左邻右舍都愿意把自家情况说与她听；起了纷争口角，“讲话讲七分”的赵主任也最能服众，三言两语便能条分缕析，“石骨铁硬”的宁波方言，句句都说到人心坎上。自打我所在的政工科与月岛居民会结对共建，热心肠的赵主任每周都会带着我走街串巷，几番往来交流，她的短语金句深深感染了我，渐渐地也成了我的用语习惯。很庆幸，《月湖的超级外婆》一书收录了不少外婆金句，能让更多的人感受到用“宁波闲话”道出处世哲学的魅力。

这股内化力内敛着震慑力。“庄家外婆”从不自恃年长，处事前总会先征询大家的意见，对晚辈的不足也会直切要害，但点到为止、给足面子。辖区的小青年都很敬重她，有谁犯了错，只要赵主任一句话，后生们都能听得进劝。公道自在人心，人心所向便得众望。正如《月湖的超级外婆》书中所述，“庄家外婆”既能“上半夜忖忖自家，下半夜忖忖人家”，设身处地为人着想，也能在“他人被误解，需有人站出来说句公道话”时，挺身而出仗义执言，更能在危急关头带头攻坚、吃苦在前。公平处事、公正待人、正派做人的赵主任，既受单位器重，又得童叟倚重，还获青年尊重。

斯人已逝，幽思长存。我很欣慰，这本寄托哀思的《月湖的超级外婆》，能将甬城平凡市民的不凡一生详细记录成书，时代背景与人物故事交错闪现，月湖诗句与曲折人生相映互文，方言闲话与处世哲学合叙共生。相信，透过这本书，将会有更多的人了解到“超级”外婆那代人的故事，也将会有更多的人汲取到上辈留下的宝贵的人生哲思和民间智慧。

张宁辉

2023 年 8 月 3 日

序三

有的人活着，却已经死了；有的人死了，却永远活着。个体的存在包括物质的躯体生命和无形的精神思想。躯体生命随时可能结束，但精神思想可以永存，留世万年。

母亲优秀的基因遗传给了我们子孙后代，她那崇高的精神与品质给我们晚辈打上了深深的烙印。母亲，活在我们的心中，她永远和我们在一起。

母亲从一个城市贫苦家庭出身的大脚娘子，成长为“女中豪杰”。她是一位伟大的母亲，一位慈爱的祖母、外婆、曾祖母、太外婆，是我们庄氏家族功不可没的功勋人物。

世上最淳朴的爱是母爱，最伟大的爱也是母爱。母亲养育了十个孩子，后来更是既当母亲，又当父亲。她用自己一生的心血，抚育儿孙茁壮成长，成名成器成家，有的成为国家级裁判、教授、教授级工程师，有的成为党委书记、总经理、厂长、医生。孙辈中已有多名中国共产党党员。

她经历了人世间三大最令人痛心之事：幼年丧父、中年丧夫、晚年丧子，但是她忍受着、坚挺着，迈着坚定的步伐走向前方，还不忘帮助身边需要帮助的人。

她虽在“文革”中身心受到严重的摧残，但仍忍耐着、坚持着，坚信“乌云遮不住太阳”“严冬过后是春天”。

“文革”后，母亲复出工作，业绩丰硕，多次获得市级、省级乃至国家级的荣誉和表彰，并成为宁波市政协委员。万丈高楼平地起，伟大寓于平凡之中，她做人做事总是脚踏实地，一言一行、一举一动都有自己的道德准则。

她虽文盲出身，却能在容纳千人的宁波人民大会堂演讲；她信奉“仁爱”，心中装着亲人、朋友、街坊邻居……唯独没有她自己。她操劳的一生像蜡烛，照亮的是别人，燃尽的是自己。

是母亲，给了我们生命；也是母亲，教育我们为人处世的哲理。时光荏苒，我退休以后，名与利逐渐淡去，最后都成了过往云烟，但对母亲点滴故事的回忆，却变得越来越清晰，越来越深刻。

母亲的高风亮节像一面镜子，我会不自觉地对着照照自己，看看自己的言行是否对得起母亲。

忘记历史，就意味着背叛；忘记母亲的故事，就不配做她的儿女。希望我们的晚辈，多读读我的母亲，你们的祖母、外婆、曾祖母、太外婆的故事，相信你们一定会有所受益，在实现家庭梦、中国梦的行程中，饮水思源，拼搏奋进。

庄瑞盛

2015 年 1 月

目录

开篇语

宁波的月湖，千年风雅，人文荡漾。

“摇呀摇，摇到外婆桥；外婆来格纺棉花；舅舅来格摘枇杷；看见人客格格笑。”我从小就在月岛上外婆家的墙门里长大，月湖给我带来了无穷的童年乐趣。

《月湖的超级外婆》要讲的故事就是我外婆的传奇人生。

这个拥有“庄家外婆”“赵主任”“庄家姆妈”“庄家阿嫂”“庄师母”“老赵”等各种称呼的月湖的超级外婆，人生故事曲折跌宕、精彩纷呈。不仅仅因为她遭遇了人生三大最不幸的事，依然负重前行，成为全国先进；也不仅仅因为她当月岛居民会主任业绩出色，被破格留任到75岁才退休；还因为她目不识丁，没有读过“四书”“五经”，更讲不出儒家道义，但毋庸置疑，她一生的言行处处渗透着仁爱与智慧。

明州古城悠悠，书藏古今，港通天下，历史迤逦而行。宁波方言——“一带一路”活化石，融入月湖风雅，韵味悠然。

孤舟泛湖水，月色如寒玉。白云忽满衣，清风时濯足。

——明　丰坊《小中元日夜泛月湖作》

隔水楼台澹夕晖，城边风起又吹衣。月湖桥上廉纤雨，催得桃根打桨归。

——清　易顺鼎《明州竹枝词·其二》

第一章　童年

出脚娘子送饭

“摇呀摇，摇到外婆桥；外婆来格纺棉花；舅舅来格摘枇杷；看见人客格格笑；又掇①矮凳又泻茶；糖一包，果一包；还有三块黄皈糕②。”宁波老话：“小来外婆家，中年丈母家，老来姐妹家。”

月岛 17 号是我童年时外婆家的门牌号码，后来“17”成了我的幸运数字。再后来我到宁波二中工作，学校就在月岛隔壁的竹洲岛上，于是我搬回了外婆家住。更奇妙的是，我找对象时与先生第一次见面就在月湖公园，还是外婆陪着去相亲的，有点老掉牙呵！先生也是在外婆家追求到我的。我出嫁那天，新娘方中午的酒席就是超级外婆张罗着在月岛上操办的。所以，我和外婆特别亲。

01 大脚板来了

“正月嗑瓜子，二月放鹞子，三月上坟坐轿子，四月种田下秧子，五月白糖揾粽子，六月朝天扇扇子，七月老三拿银子，八月月饼嵌馅子，九月重阳挑担子，十月吊红焐柿子，十一月落雪子，十二月冻煞叫花子。”这是关于岁月风俗的宁波歌谣。另外，还有两句话精炼地概括了宁波特色。

---

① 掇：宁波话，音“得”，意思是“双手端”。

② 黄皈糕：宁波话，皈音“内”。黄皈糕，指用糯米掺和粳米的米粉加红糖蒸制而成的方形黄色糕点。

第一句说的是地理环境："三江六塘河，一湖居城中。""三江"就是奉化江、甬江和姚江，从唐代治源头、宋元治干流到明清治小流域，宁波逐步形成了西塘河、中塘河（西乡）、南塘河、后塘河、中塘河（东乡）、前塘河等塘河水系。这"一湖"就是本书中所说的月湖，"一城名胜半归湖"，月湖在宁波还是很有地位的！若来宁波，一定要去三江口，就是"走遍天下，不及宁波江厦"的出处；此外，一定要去月湖看看。其实，古称"明州"的宁波，海曙区界内原本有相邻近的日、月二湖，日湖在东面，很小，后来被填没，现今在江北区的日湖是新造的人工湖。

第二句说的是宁波人的经商头脑："无绍不成衙，无宁不成市。"没有绍兴师爷，成不了知府衙门；没有宁波商人，成不了商业市面。绍兴旧时多出幕僚（俗称"师爷"），宁波早时多出商人，聚成海内外著名的"宁波帮"，比如"世界船王"包玉刚、"娱乐业大王"邵逸夫、"黑白世界的诺贝尔"应昌期等。邓小平同志曾提出："把全世界的'宁波帮'都动员起来，建设宁波！"

言归正传，我的外婆名叫赵照云，1918 年 12 月 29 日出生在现今宁波江北区湾头乡的一个贫困家庭，后来随父母迁居到月湖边的象鼻巷。我母亲和六个舅舅、一个大嬷嬷（母亲唯一的姐姐）、两个阿姨（母亲的妹妹）都称外婆为"阿姆"。"阿姆"是宁波人对母亲的昵称，"阿娘①"才是宁波人对祖母（奶奶）的称谓。

外婆出生时，民国刚建立不久，军阀割据，混战不断，民不聊生。浙东历史名城宁波，也处于半殖民地半封建的乱世之中，

---

① 阿（ɑ）娘：指祖母。阿（ɑ̀）娘：指母亲。宁波人的发音区别。

外婆的娘家就是当时宁波普通家庭的一个缩影。

外婆的父亲和母亲一共生育了十个孩子，外婆排行老八，她有三个阿哥、四个阿姐，还有弟妹各一。其父赵福生无正式职业，靠摆地摊、换旧货、做小铜匠等获得的微薄收入支撑全家的吃穿用度。

外婆的母亲除了生育孩子、照顾孩子、打理家务外，还会干一种营生，叫“包梳头”，就是给有钱人家的女子梳头。那时，月湖四周都是宁波有钱人家的住宅。

旧社会妇女头发很长，但是理发店很少，不像现在发廊、美发中心、美发沙龙等各种规模与称谓的理发店应有尽有，而且那时有钱人家的小姐、夫人不能随便出门抛头露面，便在家里梳各种“绕绕头”。

作家琦君曾写了一篇名为《髻》的文章，里面就介绍说古代女子年龄不同或者出嫁前后所梳的发髻式样也不同，文章中有这样的描绘：有钱人家专门请人梳头，姨娘请的包梳头叫刘嫂，后来自己的母亲也请了一个包梳头叫陈嫂。在她家，梳髻还引发了许多争风吃醋的故事。

外婆的母亲靠“包梳头”挣几个铜板，作为家庭收入的添补，她每天早早就出门，挨家挨户梳头，做各种头髻花型；有时还要帮助产妇挤奶。由于家里贫困吃不饱，她的身体更是羸弱。据说，外婆的母亲经常犯头痛病（其实是家里实在揭不开锅了），她会差使小舅公（外婆的弟弟）来告诉出嫁的外婆。外婆自然会前去探望，外公有空会一起去。一般情况下，外公都会在丈母娘的枕头下塞一些钱。次日，外婆母亲的头痛病自然就痊愈了。

可想而知，这样一个大家庭的生活，靠父母摆摊、梳头的一丁点儿收入很难维持，全家经常吃了上顿没下顿，忍饥挨饿，衣服上补丁打补丁。这就是一穷二白的旧中国时期大部分家庭的写照。

那时，照云的父亲在宁波人流量最大的城隍庙街头摆地摊，6岁的小照云不管刮风、下雨、落雪，几乎每天都从湾头乡的家中赶到城隍庙去给父亲送中饭。要知道，两地间相隔近6公里，步行需要1个多小时。

遇到落雨天，没有雨鞋，宁波小娘小照云生怕弄湿鞋子，就光着脚丫走个来回，近两个半小时。父亲摊位旁边的摊主常开玩笑说："哈哈，出脚娘子①又来了。"小照云只能笑笑，她看着一脸尴尬的父亲，小声嘀咕："唔没铜钿②买草鞋，出脚走路咋爽快。"那时宁波有老话："三寸金莲、四寸银莲、五寸惹嫌、六寸哭脸、七寸嫑要亚脸③。"后来，照云的脚比"哭脸"的尺寸还要大一点，在那时真的是大脚板了。

父亲对小照云最大的奖励，就是在旁边摊位买几节"甘蔗老头④"吃吃。得到这样的"奖品"，是单纯的小照云最开心的时刻，但大部分时候她都舍不得吃，而是拿回家给大家分食。

对比现在的一些孩子，不愁吃穿，衣裳挂满了衣橱，雨鞋淘

---

① 出脚娘子：宁波话，指赤脚小女人。本书中此类宁波话较多，后面不再一一注明是方言。

② 铜钿："钱"的意思。

③ 嫑要亚脸：意思是"不要脸面"。

④ 甘蔗老头：指甘蔗根部末段部分，很难嚼。

汰了，运动鞋、皮鞋想穿什么就穿什么，却依然会说不快乐，外婆小时候快乐来得容易得多。

当然，时代不同了，不能同日而语。人的忧愁和快乐、烦恼与喜悦永远相伴而生，只是内容与形式不同而已。宁波老话："穷没有穷到底，富没有富到根，为世无不变的贫富，千年瓦片后翻身。"确实，外婆没有预料到自己后来的人生，无论是经济收入还是社会地位，都来了一个彻底的大改变。

02 小童工绣娘

还是回到外婆稚气未脱的时候。

小照云 8 岁就开始学习绣花；12 岁那年，被挑选进入绣花公司做工，为家里分担经济压力。那时还没有"童工"的概念，她的主要任务是缝纫、绣花，宁波话叫"绣绷子"。旧社会小孩给老板干活，工资是一分钱没有的，弄口饭吃吃就可以了。

小照云还会把公司可外加工的绣花活儿带回家，四个姐妹加上大外甥女（只比照云小一岁的林杏菊）一起绣花。她带回来的绣线中黄颜色的叫金线，银白色的叫银线，还有用来镶边的五彩线。她们要用金线、银线、五彩线在绷子上绣出龙、凤凰、蝙蝠等各种吉祥的动物或者牡丹、菊花等。有时候，为了赶工，姑娘们便点起煤油灯，干到三更半夜，实在打瞌睡了，就洗一个冷水面清醒一下。小照云的母亲于心不忍，就会拿一个最便宜的脆瓜洗洗，在旁边"啪"的一声敲开，一人分一块，吃完后姑娘们就清醒了，她们马上又低头绣起来，确保明天一早能按时交货。赚的真是辛苦铜钿啊！

第二天一早，家里总是安排小照云去送绣品。这些绣品经过公司一番精美的包装后，被送往上海的服装厂，据说一般会制成越剧演出的戏服。上海十六铺码头往返宁波外滩的轮船每天只有一班，必须准点赶上。

由于经常出门，自然而然，小照云的见识就变多了。也因为她脑子活络，脚头勤，经常在外面“领市面①”，所以她懂行情，别人讲话“甩翎子②”的潜台词她能够摸得一清二楚。父母总是差使她外出办事。办完事回家，她“还报门③”，一二三四……条理清楚。

《红楼梦》有对联“世事洞明皆学问，人情练达即文章”。从童年开始，外婆就有了深入接触社会的机会，懂得了一些与人打交道的人情世故，一定程度上提升了她的社会交往能力。

照云四姐妹中二姐最漂亮，后嫁给了上海一个老板的儿子。据说，在上海工作的“未来二姐夫”过年坐轮船回家，经常驻足在宁波江北轮船码头边的一家照相馆前观望。原来照相馆里展示了一组赵家二姐与小姐妹一起扮演白蛇、青蛇与许仙等的照片，他便被扮演最美白蛇的二姐深深吸引了。

婚后，两人在上海居住。1948 年 12 月 3 日下午 4 时整，在沪甬线航行的“江亚号”客轮自上海十六铺 3 号码头启碇驶往宁波，小夫妻俩坐的就是江亚轮二等舱。不幸的是，那

① 领市面：意思是“考察行情”。

② 甩翎子：意思是“暗示”。

③ 还报门：意思是“回答问题，说出实情”。

日傍晚，他们与同船的人因江亚轮爆炸一起沉没江中。这是当时世界上最大的海难。

宁波旅沪同乡会组织的“江亚轮惨案善委会”调查统计显示，江亚轮额定的最大载容量为2250人，报告单显示船上有乘客2607人，船长沈达才及船员179人，载货175吨。当时船上无票乘客及儿童甚众，实际载客4000人以上。

起初，赵家二姐出嫁很风光，人人羡慕；后来命归黄泉，个个唏嘘。正所谓祸福相依，因此人生在世，不用羡慕别人的诸多好事，而是要积极地向往自己的生活，相信如果世界为你关了一扇门，那么肯定会为你打开一扇窗。

在旧社会，外婆没有上过学，是个文盲，她经常评价自己的话是“目不识丁”，但她的心算能力（宁波人叫“肚皮账”）很强，还拥有超常人的记忆力。这主要得益于外婆平常眼勤、手勤、口风亲（嘴巴会说），也就是习近平总书记概括为“四力”中的“脚力、眼力、脑力”比较强。她在不懂时还敢于向别人请教。

不言而喻，童年的磨练，为外婆今后能更好地生活、工作打下了扎实的基础。

03 偷几根咸齑菜

外婆的大嫂王小翠（我叫她大舅婆），在被其定居合肥的儿子接去同住之前，有很长一段时间都住在外婆家。那时，外婆工作很忙，经常不在家，大舅婆常常眯着眼睛说自己瞎了（其实不是彻底看不见），帮不上忙了，然后笑嘻嘻地跟我“淘老古”，讲外婆小时候的故事，她说："小姑聪明伶俐，在外面办事干脆利落；在屋里头自造腔①，能解心焦②，很受你太外公、太外婆的器重哦。"她还说起了外婆的一件糗事。

有一天下午，小照云肚皮饿煞，东找西寻，没有东西可吃，于是偷偷从咸齑③缸里取了一根咸菜吃起来。越是怕什么，越是来什么，这事被她的阿哥发现了，于是她挨了一顿训："这可是以后过日子要吃的菜；再说腌制的东西，可能还没有熟，没到吃的时间，咋可以偷吃呢？"阿哥要将她偷吃咸齑的事告到父亲处。小照云一听，觉得大事不好，就逃到平桥头的桥脚下躲藏起来，以逃避父亲的责骂。

天色渐晚，还下起毛毛细雨，不见小照云回家，家人非常担心，到处寻她。"落雨嘞，落雨嘞，小八拉丝开会嘞。落雨嘞，打烊嘞，蝙蝠老鼠开会嘞。"雨天落黑后，小照云才知道害怕。等雨停了，她便偷偷回了家。要是别人，父亲肯定会责骂几句，而对这个聪明的女儿他却没有一丝责怪，其实找她并不是因为生气，而是担心这么晚了，一个小姑娘在外面不安全。所以小照云并没有因偷吃咸齑、害怕逃跑而受到责罚。

宁波老话："三日不吃咸齑汤，脚骨有点酸汪汪。"宁波人也都知道"家腌咸齑，不吃淡饭"。再苦再难的家庭，腌一大缸咸菜也是常有的事，一年四季可取食，真真无菜下饭或者吃不下饭时，取几株咸菜，就可以下饭了。刚腌熟的咸菜，味道鲜美，既

---

① 自造腔：意思是"自己编造"。
② 解心焦：意思是"解闷"。
③ 咸齑（jī）：指雪菜、咸菜。

可直接当菜，也可当佐料。比如，将新鲜的鱼用咸齑菜汁水蒸熟，十分美味。

宁波咸齑是用雪里蕻菜腌制的雪菜，已有五百多年的生产历史。宁波现在有一家雪菜博物馆，位于鄞州区东吴镇平窑村。从昔日的大缸腌制、提桶小卖，到现在的工厂化生产、流水线作业，鄞州雪菜博物馆将“邱隘咸齑腌制技艺”这一独特的非物质文化遗产完整地呈现了出来。老底子宁波人一直保留着家腌咸齑的习惯。在食品生产日益工业化的今天，自家能做乡土美食腌制咸齑，已经成为地道宁波人夸耀的一种资本。

现今生活条件变好了，鸡鸭、海鲜经常被摆上餐桌，但宁波人仍旧觉得自己腌制的咸齑鲜美无比，咸齑烤笋、咸齑烤肉，味道“交关灵光①”。咸齑大汤黄鱼是宁波十大名菜之一，一般有政要访问宁波时，宁波饭店、状元楼、东福园等都会上这道菜。可惜，现在野生的大黄鱼已经基本没有了，都是养殖的黄鱼，从价格上来看，还是“大头米沙”小黄鱼金贵。

当然，这都是后话。苦难的童年，磨练出外婆吃苦耐劳的精神，也就是凭着这股吃苦耐劳的劲，她办成了许多人办不成的事。

① 交关灵光：意思是“非常地道、非常好”。

君不见明州城中日月湖，萦蓝缭白如画图。

——元　戴表元《雪后况湖歌》

更爱小桥流水外，石栏闲依听渔歌。

——明　乌斯道《涵虚馆访章复彦不值》

第二章　出嫁

真是对上了眼

虽然出身贫苦、脚板比较大，但外婆年轻的时候身材修长、脸蛋秀丽、眼睛又大又漂亮，加上生活的磨砺，让她有一股天不怕地不怕的气概。那么，17 岁的外婆是如何邂逅玉树临风的“职业经理人”庄新璋的呢?

没有风花雪月的浪漫，只是席间一瞥，对上了眼，也算是一见钟情吧!

04 外公那些事

外公名叫庄新璋，1913 年 11 月 16 日出生，曾用名“庄智来”。“爹爹”“阿爸”是阿拉宁波人对父亲的称谓，我母亲、阿姨一般叫“爹爹”，跟上海人称父亲一样，有眼嗲①。

新璋的父亲老庄是个“搓丝工”，就是负责把蚕茧纺织成丝线的工人，可想而知，也是收入微薄。新璋的母亲马福元在月湖庵烧饭打杂。家中人丁五口，生活极其艰难。

月湖庵，实际上叫“湖心寺”，旧号“水陆冥道院”，始建于北宋，后来得到宋神宗赐名“寿圣院”、宋高宗赐额“湖心广福寺”，几经变迁，故事很多，下文再叙。

小新璋三岁那年，过年前，穷得叮当响的老庄思来想去，还是决定厚着脸皮去向张老板借钱过年。年关已近，张

---

① 有眼嗲：意思是“有一些发嗲”。

老板见前债未清的老庄又来借钱，不仅一口回绝了，还一把将老庄推出门外。原已骨瘦如柴的老庄，被一推一搡，摔倒在地上，又饿又冷的他努力地爬起身来，一瘸一拐地回到家中，从此一病不起。因无钱看病，不久，老庄就命归西天了。

马福元一个妇道人家，独自一人实在难以维持这个家庭，就把新璋的阿姐秀风送给人家当童养媳，把新璋送到舅舅家寄养，连刚出生的儿子也送给了别人。

在宁波人袁牧之拍的《马路天使》《一江春水向东流》等电影中，万恶的旧社会里最苦难、最悲惨的情节，就是发生在外公生命里最真实的故事。

小新璋在自己的舅舅家慢慢长大，虽然寄人篱下，但毕竟是亲舅舅，日子也不算太难，舅舅让他读了两年私塾，打下了一些文化的底子。十三岁的新璋又瘦又小，饭量却越来越大，终究还是被舅舅送去“顺花庄”店铺学生意了。

小新璋怕老板看不上瘦小的自己，只能在身高上“动了手脚”：他在脚上穿了加厚五公分的木拖鞋，然后用长衫遮住。钱庄老板上下一打量，见小新璋鼻子坚挺，面目清秀，身材也不错，喜欢得不得了，马上就拍板要下了他。

旧社会学生意，虽然说是学徒工，但是没有一分钱工资，要白干活三年。干的活还不与业务相关，带小孩、扫地、洗菜、洗碗、擦窗，老板家中的一切杂务都要包揽。而小新璋最喜欢做的事，就是陪老板的儿子读私塾。

日子久了，老板发现了这个新学徒的“秘密”——个子比初见的时候矮了。不过，新璋个子虽小，但做事勤快，脑子灵活，干脏活累活一点儿怨言也没有；关键是他读过两年私塾，有了些功底，加上积极肯学，进步很快。因此，小新璋一直很受器重，老板待人接物、经商管理的门道，他看在眼里，记在心里。慢慢地，老板就把生意经验统统传授于他。

庄新璋十六岁满师，正式做生意。先是当练习生记账，做账房先生，就是现在的会计。旧社会没有计算器、电脑，都用算盘来计数，新璋学习非常刻苦，而且练就了一手绝活儿——左手打算盘，右手记账，速算神奇。

1956年，宁波市举行会计技能大比武，庄新璋凭着练就的速算“童子功”勇夺第一名。当时，宁波市人民政府发放的奖品是一只有盖子的搪瓷杯，新璋拿回家后全家人高兴坏了。出身贫寒的庄新璋，对这份来之不易的工作十分珍惜，跟现代人“跳槽成了时髦”完全不一样。旧社会学生意，被老板辞退叫“回头”，“吃回汤豆腐干①”是要被人看不起的。为了保住这份工作，庄新璋每天早出晚归，像只小蜜蜂一样辛勤工作。

那时，账房先生是内当家，得有点儿本事：第一，要掌握店铺内所有商品的进出数量；第二，要明确哪些收支是合理的，哪些地方可以改进；第三，要把账目做得一清二楚，最好写得一手好字。除了有这些本事外，新璋还会提醒老板哪些货需要补了，会比较哪些生意资金周转得比较快。就这样，庄新璋进一步得到了老板的赏识和信任。

---

① 吃回汤豆腐干：意思是“被辞退”。豆腐干再次用汤烧开，味道很不好。

渐渐地，庄新璋在经营管理方面越来越得心应手，企业的明细账目、成本开支乃至盈亏的原因，他比老板更清楚，正所谓青出于蓝而胜于蓝。

外公二十九岁到复兴草帽行做金丝草帽出口到南洋的生意；三十四岁到裕民布厂，从练习生、账房、襄理做到经理（按照解放初划成分叫“资方代理人”）。出身贫寒的他，通过自己一步一个脚印地努力，比常人加倍地刻苦拼搏，才赢得职位上升，所有的一切都来之不易。

05 戏剧性出嫁

1935 年春，新璋老板的儿子结婚，在三江口的状元楼办了 20 多桌酒水，张灯结彩，喜气洋洋。

状元楼原来不叫此名，宁波历史上出过很多状元，改名的事情跟宁波最后一位状元章鋆有关。秀才章鋆 21 岁就中了举人。咸丰二年（1852 年），众人在甬江楼为章鋆等人赴京赶考饯行。跑堂送上一盘青黄相映、入口绵糯、色香味俱全之美味，非常有特色。章鋆就问跑堂：“何菜名呀？”跑堂随机应变，暗送吉利说：“此乃‘独占鳌头’也！”后来，29 岁的章鋆果然中了状元，衣锦还乡之际，挥毫书写“状元楼”三字给甬江楼作招牌。

除了“独占鳌头”，在新璋老板的儿子结婚的喜宴上，还有宁波的其他名菜：红膏炝蟹、锅烧河鳗、咸菜黄鱼、皋比全鸭、薹菜小方烤、基围虾、三鲜宴、火臆金鸡、荷叶粉蒸肉、梭子蟹、网油包鹅肝等。大家吃着美食，讲着冰糖甲鱼的故事，说着“独占鳌头”等各种吉利话。

酒酣耳热之际，老板对着自己的得意门生庄新璋打趣说：“来、来、来，新璋，今天介多小娘，你喜欢哪个，看看，我给你做……做媒。”

年轻的新璋顿时面红耳赤，但老板可没停下：“真的，新璋，你也该……该到讨老婆的年纪了。仔细瞄瞄，你看上谁了，就使……使个眼色给我。”

新璋知道老板虽然喝得有点多，但并不是开玩笑，就偷偷地观察了一番到场的妙龄女子。最后，他不好意思地努努嘴，示意老板：这么多女孩子，就数那个模样最周正。那个女孩就是赵照云。其实，年轻的照云，也在人群中多看了清秀的新璋几眼。

正值妙龄的照云姑娘，长期在绣品厂工作，各方面出类拔萃，这次是作为工厂优秀代表与老板一起参加喜宴的。“赵照云，赵福生的女儿呀！赵福生摆……摆杂货摊，人蛮……蛮老实，照云排行老八吧？一句话，好、好、好，我给你做媒……做媒。”原来，新璋的老板和照云的父亲赵福生也是熟人。

就这样，也应该算是“郎有情、妾有意”，对上眼的自由恋爱在旧社会了不得了。在老板的保媒之下，17 岁的照云与 22 岁的新璋顺理成章地结婚了。宁波人新房吃茶歌这样唱：“正月梅花二月杏，三月桃花四月杨，五月石榴结金盂①，早生贵子做阿娘。”

---

① 金盂：石榴树的果实。

婚后，小夫妻十分恩爱，宁波老话“快生快养，滑落算账”，照云 19 岁就生了大女儿，青年才俊庄新璋给她取名“庄瑞霞”，可见取名时心情极好。确实，这个女儿给庄家带来了生命的灿烂霞光。

“瑞”字在《说文解字》（清代陈昌治的刻本）中的解释是：“以玉为信也，从玉、耑。”瑞即瑞玉，古代玉制的信物。引申之，有吉祥、美好的意思。外公外婆的孩子就是“瑞”字辈，比如庄家第一个英俊小生（我的大舅）名叫“庄瑞华”，表示中华儿女爱国爱家。那时给孩子取名有各种讲究，还要能显示家学渊源，就连中文系毕业的我都敬佩外公文采斐然。

06 度日如年

婚后的外婆，虽然过上了小家庭衣食无忧的生活，但是由于外公是家里的顶梁柱，为了生活常年在外奔波，所以夫妻聚少离多。抗日战争时期，以及后来全面内战爆发，国民党军队对浙东四明山区发动了大规模、长时间的武装“清剿”，这段时间，外婆一个人带着孩子们，整日担惊受怕。

1941 年 4 月 19 日，宁波沦陷，江北区玛瑙路 41 号的一幢石库门民宅被日军占领并征用为慰安所。石库门上写着“月の家”三个大字，这是日军设在宁波的军妓院。据附近居民、黄包车夫等回忆，那时门口有日本兵站岗，只有日本人进出。市民有时买菜会经过，但都低着头不敢多看。

1949 年 1 月，解放军取得辽沈、淮海、平津三大战役的胜利。蒋介石被迫下野，引退到宁波老家奉化溪口，国民党增调大批军队布防浙东，浙东形势骤然紧张。

后来，解放军节节胜利。

1949年5月23日，余姚解放。

5月24日上午9时，第六十五师解放慈溪县城（今江北区慈城镇），下午3时先头部队抵达江北。该师第一九五团从下白沙渡江，登陆点是一个码头，附近有国民党一个军官队在据守，随时可能破坏灵桥。“许昌连”第八班以奇袭行动扫除障碍，插入敌群展开搏斗，取得胜利，使后续部队顺利渡过甬江，抢占灵桥。第六十四师先头部队一九〇团于24日22时攻入宁波城区。1949年5月25日，宁波解放，中国人民解放军过灵桥①，宁波市民欢天喜地。

外婆讲，1949年9月，国民党对宁波市区进行了5次轰炸，给刚刚解放的宁波带来严重破坏。资料显示，国民党军队退守舟山，人数最多时达6万，不时封锁、袭扰宁波沿海，出动飞机进行轰炸。特别是9月20日，轰炸导致商业繁华的街道多处中弹起火，大火燃烧了13个小时，居民死伤400余人，房屋被毁4000多间。后来，解放军浴血奋战，于1950年5月解放舟山，结束了宁波城乡遭受轰炸、海上遭受封锁的日子。

我的外公福大命大，几次逃过劫难。25岁那年，他因店里生意需要入住江左旅馆，日本人的飞机在宁波上空咆哮，轰炸了老江桥（原灵桥），附近的江左旅馆自然也被炸毁，幸亏外公及时从中逃了出来。

---

① 中共宁波市委党史研究室. 中国共产党宁波历史：第2卷（1949—1978）[M]. 北京：中共党史出版社，2014.

那段时间，按照外公的吩咐，外婆每天在家操持家务，照顾小孩，不让他们随便外出。外公一出门，外婆就心焦如焚，只好不停地干活分散焦虑，直到外公的身影出现，她才会松一口气。

外婆讲道："旧社会的日子实在难过，小时候是没饭吃；结婚后，虽然吃饱饭了，但是一天比一天心惊肉跳，度日如年，数着日脚①过生活。现在切身体会到社会主义好！共产党好！"

① 日脚：意思是"日子"。

一片平沙月满洲，芦花风紧水声秋。西湖烟景今宵胜，付与丹青画里收。

——清　柳瀛选《月岛》

第三章　艰辛

相夫教子过日脚

一天的公主，十个月的皇后，一辈子的辛苦，这就是外婆人生的真实写照。外婆是平凡的，但作为十个孩子的母亲她又何其伟大。

07 养了十小孩

1935年，风华正茂的照云嫁给了青年才俊新璋，牛马同吃草，苦命结相连。婚后可以互相依靠的夫妻俩大概是太甜蜜了，居然生育了十个孩子，平均两年生一个。为了照顾好这个家，照云开始了相夫教子的生活，从十月怀胎，到坐月子喂奶，小人“三挨六坐九爬爬①”，“周岁站立学闲话”，忙着十个孩子的吃喝拉撒，一晃就是二十年的时光。新璋呢，除了做好本职工作外，还要多处兼职，比如接钱庄、天然舞台等的会计活儿，只为多挣一些铜钿，让当家的妻子宽裕一些。

当家不易，穷苦人家当家更不易。这二十年里，外婆除了怀孕生子，照顾孩子，还要勤俭持家，以维持家中生活。

男主外，女主内，虽然日子艰苦，但分工合作，倒也琴瑟和鸣。

① 三挨六坐九爬爬：宁波老话。一般情况下，婴儿是三个月会挨着，六个月会坐着，九个月才会爬。

后来，看不惯外甥女欺负老实的外甥女婿时，外婆有金句：“**尊敬丈夫尊敬福，珍惜粮食有饭吃**。”并以此来教育家族中的新时代女性。

中国人的传统观念是多子多福，因此追求人丁兴旺、儿孙满堂。那时，国家也提倡家庭多多生育，所以，外婆养育了六男四女共十个孩子，被尊称为“光荣妈妈”。六个男孩取名时，按照中华国家、盛世丰年、国泰民安、芝麻开花节节高的寓意，有了长子庄瑞华、二子庄瑞国、三子庄瑞盛、四子庄瑞丰、五子庄瑞泰、六子庄瑞芝的名字。外婆叫赵照云，外公因为爱妻子，所以，四个女孩的名字都是因云而起，雨字头下延伸：长女庄瑞霞、次女庄瑞雪、三女庄瑞雯、小女庄瑞雰。

宁波老话“小人生日、大人难日”，因为旧社会医疗条件很差，所以生小孩是件十分危险的事，俗称“红脚桶：一只脚进，一只脚出”，意思是随时有生命危险。宁波宁海县十里红妆博物馆里面就摆放了旧时妇女生育用的红脚桶。

宁波还有一句口头禅：“七塔寺里和尚多，八角楼下小鬼多。”这句话的意思是七塔寺里和尚多，被抛到八角楼下的刚出生就死了的和后来夭折的孩子也很多。初建于唐代大中十二年（858 年）的七塔寺，早在 1983 年就被国务院批准为全国首批重点开放寺院。七塔寺是中国近现代临济宗的中兴祖庭之一，历史上即为浙东四大佛教丛林（天童寺、阿育王寺、七塔寺、延庆观宗寺）之一。八角楼在现宁波火车南站附近，当时一片荒芜。

所以说，外婆生养十个小孩非常辛苦，也非常危险。当然，如光绪皇帝敕赐七塔寺“报恩寺”匾额寓意的那般，等到十个孩子长大成人以后，便可以报答父母的恩情了。而外婆为了报恩中国共产党与新社会，做了很多助人为乐的事，这是后话。

在当时，外婆养育好十个孩子，使之个个健康活泼，并不是件容易的事。据说，前几个孩子出生时还请过“出窠娘”（月嫂），后几个孩子出生时因为经济条件太差，都是外婆自己生产、自己带。可以想见，外婆从19岁养大囡（我叫大嬷嬷），至39岁养小弟（我叫小舅舅），整整二十年的生儿育女路走得多么辛苦，当国家号召的“光荣妈妈”实属不易呀。“一人会爬，一个抽芽。”据说外婆生产最小的舅舅时，我母亲还帮了大忙。

如果现在谁家有十个参差不齐的孩子需要照顾，可能要请两个专职阿姨照料，如果按8小时工作制，两个阿姨可能还忙不过来。而外婆一个人每年365天、每天24小时都在“工作”，全家的吃喝拉撒睡全包，这是一般人难以承受的。再后来，管小孩的任务自然就落在大嬷嬷、我母亲和两位阿姨身上，她们经常一手抱个娃，一手摇摇篮。老话说，有大女儿、小儿子是一等父母；有两个女儿是二等父母；有两个儿子是三等父母；养独生子女的父母可能就没有啥等级了。当然，老话说得不一定对，但那时生在前面的女孩大多是家里的帮手。

住在外婆家的外婆大嫂（我叫大舅婆）和外甥女（我叫柴桥阿姐）也给了外婆很多帮助。所以，大舅婆到了耄耋之年，眼睛几乎看不见时，外婆的十个孩子的生辰她仍记得一清二楚。这些恩情，外婆常记在心，晚年常有唠叨惦念。

外婆的十个孩子从小都十分听话，比较“跷脚鹅①”的好像没有，哥哥、姐姐照顾弟弟、妹妹，从来没有打架、吵闹得不可

---

① 跷脚鹅：意思是“调皮捣蛋”。

开交的时候。不过，三舅觉得自己比较调皮捣蛋，但富有创新精神，在“文革”期间参加过“串联”活动，最终成长为一家食品公司的总经理。这个正处级干部无论在职期间工作有多么忙碌，都会抽出时间陪伴自己的母亲。三舅退休以后，空闲的日子多了，陪伴外婆的时间也多了。

08 月岛上老宅

在外婆相夫教子的二十年里，对外公是每天热菜热饭相待，家中的事务从不让外公挂念，使他能一心扑在工作上。所以，这二十年外公的事业蒸蒸日上，从账房到襄理，再到经理，还多处兼职，挣得更多的铜钿养家。

当时，宁波人的持家之道是“新阿大、旧阿二、破阿三、补阿四、烂阿五”，外婆家基本也是这样。当然，外婆没有让阿五穿烂衣服，衣服虽然旧，但都缝补得齐整、干净。她总会唠叨一句老话：“笑脏、笑破，不笑补；笑馋、笑懒，不笑苦。”她常用这金句教育后代：穿，必须要穿得干净；吃，绝不要浪费。

那些年，外公外婆省吃俭用，用宁波人“咬咸齑”的省钱方式存下一些家底。不久，他们便相中月湖小岛上紧靠月湖的一套两大间一弄的高平屋：两间高平屋，有堂前间、客堂间，大明堂、厨房、柴间，还在后间修了一个浴室，安装了电灯、电话。

1944年初，把新璋当儿子一样看待的老板（我母亲叫谢家阿爷）出资为其购置了湖西月岛的住房，门牌号码为月岛17号。新璋在这个地方购置房产，有一个原因是他的母亲马福元曾在旁边的月湖庵烧饭打杂工，他是想告诉自己的母亲：儿子终于有出息了。新璋夫妇俩用自己千辛万苦积攒的一笔钱给新房做了装修。那年正月初五，外面飘着雪花，次女庄瑞雪出生了。

月岛17号有五间朝西的房间，供一大家子居住；还有三十多平方米的堂前天井，前后两大明堂，三米多宽的屋檐，落雨落雪时到厨房不用走湿路。

虽然全部是水泥地，但是在旧社会，有这样一处宅子已经很了不起了。出于新璋工作的需要，家里还安装了电话，但安装电话的费用是老板出的。

终于有了自己的房子，照云满心欢喜。满怀着对生活的憧憬，她开始有条不紊地管理大家庭的衣食住行，还兼做裕民布厂食堂几十个工人的炊事员。

解放初期，她还积极参加社区的治保巡逻、民间调解等社会活动。所以，她不是一般的家庭妇女，而是一直在接触社会，这就为她日后参加工作做出出色业绩积累了很多社会经验。

据我母亲回忆，曾经的堂前间有一块半圆形朱红色的天花板，有铁栅栏的玻璃堂前门是搬入时重新装修的，大门上还配有鲤鱼跳龙门的图案。

这些设施早已荡然无存，但是进门铺在地上的两大块绿石头还在。这两块石头浅绿色的纹路很是不一般，我曾邀请原宁波工艺美术厂厂长曹厚德先生上门鉴定，曹先生鉴定为“翡翠根”，现这两块石头由三舅妈保管着。

总之，老宅子的设计、装修在当时已非常前卫。

临湖而建的老宅坐西朝东，湖对面就是佛教居士林、贺秘监祠。宅子四周绿树成荫，出门就是河埠头，洗洗涮涮十分方便。外婆讲，原尚书桥有块石牌坊，人们过桥必定要从牌坊下经过，20 世纪 30 年代修路时被拆。柳汀北岸的古建筑有贺秘监祠、佛教居士林和关帝庙三处，主要建筑沿菊花洲湖滨到芳草东桥，过桥进入北端的芳草洲。

关帝庙门前的石牌坊威武地耸立着，牌坊上有行书“瀛洲接武”阳刻大字，气势贯虹。关帝庙是供奉三国时期关羽的庙宇，关羽向来是“忠勇信义”的象征。柳汀街改造时新建一桥，原陆殿桥仍保留在其北侧，多道通行，如今来看，当时的这个设计可谓超前。

20 世纪 20 年代在改造城河修订地名时，误把湖中部的花屿称为“月岛”，现在花屿的袁宅西围墙上还留有“月岛”地名的历史路牌。月岛在东三洲中部，隔河西为花屿，东邻镇明路，在镇明路入口处有巨石上书“月岛”，半边古牌坊“状元坊”在其旁，此半边古牌坊由原三支街口尚书桥迁至此，已有几百年的历史。据记载，此为明嘉靖四十一年（1562 年）左都御史鄢茂卿为尚书张时彻建造。20 世纪 30 年代，残留的 12 座石牌坊基被当时的永耀电力公司变电所当作电线杆基座使用，才幸存至今。

庄家月岛的老宅子曾经借给外公的徒弟结婚用。后来，因生活所迫，外婆把里面的东西诸如门板等一一变卖，甚至连房子也一间间卖给了他人。房子自己也小范围改造过，几个舅舅就是在这里结婚的。五舅舅结婚时，家里把堆放柴火的房间整理出来，墙壁刷刷白，天花板用报纸贴贴，买来水泥、沙子自己动手铺成水泥地。

曾经，台风刮掉了墙皮（原来的墙是用砻糠灰糊的），几个兄弟就跑到老江桥桥脚边，等江水退潮后，用 2 辆自行车 4 个桶运回挖出的河江泥粉刷墙壁。外婆的大女儿庄瑞霞也在这里结婚，并在这里养大她的 4 个女儿。外婆的另外 3 个女儿从这里出嫁。

外婆的大孙子结婚、我出嫁，都是在月岛 17 号办的酒席，这里留下了外婆和阿拉庄家大院很多美好的回忆，当然也有酸涩甚至苦痛的记忆。

1998 年，月湖景区拆建改造，外婆表态支持政府拆迁改造工作，还上了宁波电视台，采访视频时长 3 分多钟，且被多次重播。就这样，月湖的老宅成了过去。早先担任建筑设计院副院长的二舅，曾设想将它改造升级为小洋房，凭他教授级工程师的水平，设计图纸只是小菜一碟，可是外婆始终没有答应实施此方案。如果当时二舅的改造计划实施成功，且宅子保留至今，应该价值不菲了吧！现在庄家大院的人路过这里时，也只能唏嘘一下，怀旧式幻想一番罢了。

月岛 17 号，见证了多次婚礼喜庆，也见证了多次悲伤离别。

09 也管娘家事

除了安排好自己的大家庭，照云还要管自己娘家的事。

那时，照云家生活经费的唯一来源就是丈夫庄新璋的工资收入，子女越来越多，经济负担也越来越重。新璋不但要负担自家生活费用，还要照顾亲娘的生活，并要时常去关照丈母娘家。

照云的父亲因病谢世，大家庭的重担落在她母亲一个人身上，由于铜钿少，吃不好，老人身体更单薄。所以，她母亲的头痛病会经常发作，照云经常与新璋一起去探望。新璋去探望时，总会把一红包钱塞到丈母娘的枕头下。

太外婆家一度住在平桥头边上的一间破屋里，现位于镇明路西边的平桥街口（原平桥河）。那里有一个省级文物保护单位，叫“水则碑”，它被考证为我国城市古水利遗存中仅有的实例，我经常带外地来宾前去考察。

宁波水则碑建于宋宝祐年间（1253—1258 年），明清两代续修，现存石亭建筑大部分为清道光时所建，保留了南宋的亭基和明代重修的“平”字碑。1999 年，经考古重现水则碑亭的旧貌，后重修，恢复平桥河，与月湖水系相通，试图还原其历史面貌。

“水则”的“则”意思是“准则”。水则即中国古代的水尺，又叫水志。早在公元前 2300 年，古人就会观测河水的涨落。最早的水则是战国时代李冰在修都江堰时所立的三个石人，人们可通过观察水淹至石人身体的部位，来推测距离很远的外河的水位高低和水量大小。隋代设置石刻水则；宋代改为刻石十画、两画相距一尺的水则。北宋时，江河湖泊已普遍设立水则，主要河道上已有记录每日水位的水历。明清时，为了报汛、防洪，江河的上下游都设有水则。

宁波的水则碑别具一格，镌刻汉字“平”于石碑之上，水没过了“平”字上面的一横应当泄水，水不到“平”字的一竖应当蓄水。宁波城外的闸门根据这个“平”字的出没或启或闭，这样就能起到预防洪涝灾害的作用。原来宁波有四明桥，后因水则碑，就把“四明桥”改称“平桥”。这个水则碑利用平水的原理，体察水情灾情，统一调度，是研究城市排涝防洪水利工程不可多得的实物。

前文说到外婆“犯事”躲避的地方就在这附近，老宁波人叫平桥头，虽然我辈已经看不到桥了。

赵华楠舅舅（我大舅婆的儿子）回忆道：“新璋姑丈去探望住在平桥头的丈母娘，总是彬彬有礼，进丈母娘的房屋前，要在烟灰缸里先把烟灭了。有时等他走后，我就把外间的这半支烟交给奶奶。”女儿女婿上门探望的第二天，太外婆的头疼病便不治而愈。确实，老年人需要经常陪伴，且心病需要心药来医，生活费有着落了，人就有精神了。

慢慢地，逐渐长大的孩子们吃穿用的花费多了起来，他们还要读书识字，外婆外公大家庭的负担越来越重，只靠外公的工资收入越来越难以为继。正逢 1958 年“大跃进”，国家提倡要解放妇女劳动力，于是外婆正式走上了工作岗位。

影参岸柏童童绿，叶蔽汀兰澹澹香。斤斧不来人迹远，养成千尺势堂堂。

——宋　陈瓘《和刘太守十洲诗·松岛》

小汀花放一枝枝，满眼繁华好护持。香气袭人蜂蝶醉，紫红深处坐吟诗。

——清　柳瀛选《月湖十洲诗用宋人韵·花屿》

第四章　调干

踏入社会工作

为了分担家庭经济压力，1958 年 6 月 16 日，一个家庭妇女、十个孩子的母亲、我的外婆正式进入湖西电磁厂工作。那时，外公还健在。

解放后，新中国为了提高民众的受教育水平，大力开展扫盲教育，已届中年的外婆毫不迟疑，积极报名参加妇女扫盲班，工作回来一有空就认真背读，不懂就请儿女指点。事实证明，外婆参加扫盲教育后，迈出了人生坚实的一步，确实为她日后的工作带来了意想不到的帮助。

10 妇女要翻身

20 世纪 50 年代，外婆积极响应国家“家肥出门、矿肥出土、山肥下山、水肥上岸”支援农业积肥的号召，以及“捐献烂铁，大炼钢铁”的号召。让众人咋舌的是，外婆居然把家里一扇扇铁做的堂前门栏卸下，无偿地捐献了出去。

从 1950 年开始，外婆积极报名参加居民会组织的各种义务劳动。比如参加月湖四周的绿化植树活动，现在湖边已有几十厘米粗的香樟树正是 20 世纪 50 年代外婆他们种植的；比如参加居民会调解小组，促进邻里和睦，这为她日后评上“全国调解先进”打下了基础。她还经常戴上红袖章去月湖周边巡夜。

月湖上的洲、岛、汀、屿有十个，分别是柳汀、雪汀、芳草洲、芙蓉洲、菊花洲、月岛、松岛、花屿、竹屿和烟屿。《宝庆四明志》记载："四时之景不同，而士女游赏，特盛于春、夏。飞盖成阴，画船漾影，无虚日也。"所以，月湖是士大夫首选的居住地。据甬上学者周冠明先生统计，唐宋时期月湖有 20 个诗社，如南宋丞相史浩的月湖诗社；杨简、楼钥、袁燮的碧沚诗社；王应麟主盟的遗老诗社；天一阁主人范钦与张时彻、屠大山三位兵部的官员退休回家作诗咏志，组织三司马社；大学者全祖望回到月湖边桂井巷后，组织真率之约诗社；镇海诗人姚燮寓居月湖，住在花屿袁宅，其居处名为"枕湖草堂"等。

所以，月湖边月岛上有很多上百年的老屋以及风月古迹，比如被日本画家雪舟描摹成著名画作的湖心寺。这些老屋虽有历史内涵，但到解放后，已经破败不堪，且木结构相连成片，一户失火，就会百户遭灾，所以，防火是月湖居民区一项重大的安全任务。

一到晚上，居民会工作人员就三两个人一组，手里拿着铁皮包的话筒，走街串巷，一边走一边喊："各位居民，小心火烛，门户关牢，防止小偷活动。""防火防盗，人人有责。"

现在向市民宣传垃圾分类，这种形式又在宁波的小区流行起来，虽然社区工作者只是用话筒播放录音，但实际上还是很管用的。因为市民每天听到这个声音，就知道社区工作者在辛勤地工作了，他们一天一天、一遍一遍地宣传，大家自然会觉得垃圾分类是市民应该做的事，更何况那时是真人在义务叫喊呢。

虽然月湖历来是文人墨客重要的活动场所，也是现在宁波的人文地标，但是 19 世纪四十五年代，大部分人都还吃不饱肚子，根本无暇欣赏月湖美景。

不过，那时的外婆感受到了解放后妇女地位的提高，她呼吸着月湖的新鲜空气，迈着轻快的步伐，心情格外舒畅。

11 第一份工作

1958年6月16日，外婆正式进入湖西电磁厂工作，当时陈厂长分配给外婆的具体工作是配料踏泥，待遇是月工资30元、定粮40斤（这在当时是重体力劳动者的定粮标准）。当然，每月30元的工资，也算高工资了。三舅舅1971年高中毕业进厂，月工资才13元；而我母亲背一天的木头，才挣1元钱。

当时厂里的戴书记、陈厂长等领导心里很矛盾：一方面他们体恤我外婆，认为一个40岁的女子，最小的孩子还抱在手里，家中有一大群孩子要养，需要高工资；另一方面他们又很担心她不能胜任这繁重的体力工作——一份强男劳力标准的工作。

事实证明，领导的担心是多余的。外婆不仅本人对工作“做一行爱一行”，而且教育子女“三百六十行，行行出状元”。她的口头禅就是“工作为重”“工作要紧”“工作第一”。

由于当时没有搅拌机，外婆每天要把几百公斤的烂泥之类的东西搬运到指定地点，然后加水，光着脚踩踏，这是最原始的劳作方法。烂泥踏透后，再用手搓拉成各种规格的圆柱体，有的还要中间挖空，最细的孔只有头发丝能穿过。接着，放凉、晒干，放在固定的格子里。完成批件制作后，再用手拉车拉走，运到锅炉房烧制。这个过程中，烧制的温度是关键，既要烧透，又不能烧爆或不熟。成品是白瓷色的绝缘体，是当时电器工业领域的高端产品，供军事工业和出口使用。

这些本是男人干的活儿，需要的不仅是旺盛的体力，还有无限的智慧。已是中年妇女的外婆，要干好这样一份工作，其辛劳程度可想而知。实在是因为家中人口众多，开支庞大，需要这笔工资。

在厂里，外婆工作认真，做事干脆利落，还助人为乐，是领导信得过的好职工，工友信得过的好伙伴。那时，湖西电磁厂就在花果园巷，离外婆家很近，并且当时工作是定量制，做完就放工。只要工作一结束，外婆就赶回家，操持起繁重的家务。

1958 年，国家号召“多快好省”地建设社会主义，掀起“大炼钢铁”运动，表现优秀的外婆就被抽调去建“小高炉”，地点就在现在的华侨豪生大酒店。在那里，工人们要踏泥做砖头，由于“小高炉”不能停火，外婆让其他工友轮流休息，自己却坚守岗位五天五夜，眼睛红肿得睁不开也不下火线。家里的细碎活儿，大部分托付给瑞雪和瑞雰。

这次工作结束后外婆回家，外公看见她的眼睛像红桃子一般，心疼得讲不出话，只是说：“快，快去困觉①。”

⑫ 人生大转机

外婆像铁人一般坚守岗位五天五夜的事迹被广为传颂，湖西派出所的钱所长慧眼识才，决定把外婆调往居民会工作，他说：“就是她了！这么勇于奉献的人，还有谁比她更适合开展群众工作？”

1958 年 11 月 3 日，街道办事处董志章主任和湖西派出

---

① 困觉：意思是“睡觉”。

所钱所长一同到电磁厂做书记、厂长的思想工作，表示要调赵照云到街道办事处工作。电磁厂的两位领导都愣了，一时间没反应过来，后来才明白街道办事处和湖西派出所领导的用意，但是心里还是不太同意放人。

不过，当时的下级对上级命令要绝对服从，不能讨价还价，这是原则问题，厂部最终同意了这项人事调动。董、钱两位领导就直接找照云谈话，开门见山地对她讲："这是上级组织的决定，你将被选调到街道办工作，粮食定量标准暂时保留。不过，工作环境改变了，以体力劳动为主转变为以脑力劳动为主。希望你服从组织的调派。"

天大的好事突然降临，照云一时也没反应过来，而且她是有顾虑的。于是，她再三推托："第一，这里的劳动我已经适应；第二，我目不识丁，一个文盲，怕不能胜任街道办的工作，能力也不够；第三，家中有一群孩子要照料，婆婆在床上也要照顾；第四，从来没有想过当干部……"

其实，1958年照云在柳汀小学参加过扫盲班，已认识一些简化字。说谦虚的话，实质上还是想表达回绝的意思。至于她的真正顾虑是什么，是担心脑力劳动工资会减少，还是担心自己不能胜任，或者是担心家里人不同意，只有她自己知道。

两位领导继续做照云的工作："对于你的工作能力组织是了解的，是经过多方面的考察衡量的。既然你现在思想还不通，那先回家跟家属商量一下，我们听你回音。不过……"领导最后又补充了关键性的一句："这是组织已决定的事。"

虽说不想当将军的士兵不是好士兵，但是，设想一下，旧社会出来的一个家庭妇女，刚迈出第一步成为社会人，当了一名集体制企业的工人，已是相当不易。突然被调到街道办当干部，思想上一时转不过弯来，有很多顾虑，也是可以理解的。

当天照云回到家，一五一十地对丈夫新璋讲述了街道和派出所两位领导找她谈话的事。新璋思忖片刻，当场表态说："当干部确实是要能说会写，你刚扫盲完，服从确实有困难。但组织上这样信任你，不服从更为难。这样吧，文字上的问题，我可以帮你；瑞华、瑞国两子已经是高中生了，也可以帮你。既然组织态度已经这样明朗，那就坚决服从。"

得到丈夫的大力支持，尊敬丈夫的照云终于心定了。第二天一早，她就去厂里办理好各种交接工作，精神焕发地到街道办事处报到了，具体负责月岛居民会工作。

从文盲家庭主妇，到从事繁重体力劳动的普通工人，再被选调为做人思想工作的居民会干部，似乎有些不可思议，但是外婆做到了。

如果外婆没有真本事，就不可能得到领导的认可，也得不到群众的认可。当然，这还得感谢开明的外公的大力支持。

回忆这段往事，当上居民会主任的外婆经常讲：“**粗茶淡饭随缘过，富贵荣华莫强求。世事茫茫似水流，休将名利挂心头。**”如果说外婆一开始就淡泊名利，那是有点矫情了，因为那时的外婆根本不知道名利为何物，只是生活所迫而已，她也压根儿没想过追名逐利。但是，幸运之门徐徐打开后，领导便要她“以工转干”，挑起更重的担子。

广生堤放唱溪娃，大阪秧田曲子嘉。蓦地清风吹别谱，一声声是浪淘沙。

——清　全祖望《双湖竹枝词·其二》

第五章　横祸

丈夫突然离世

飞来横祸，中年丧夫，十个小孩、一大家子的吃穿用度怎么办，外婆头发都愁白了。

1949年前，宁波工业的真实写照如宁波民谣所述："和丰纱厂锭子响，太丰面粉灰烬扬，永耀发电灯笼亮，通利源榨油放炮仗，'三支半烟囱'可怜相。"

13 担子沉甸甸

解放前，庄新璋一直管理着不大不小的裕民布厂，兼做会计。

宁波刚刚解放时，形势还不明朗，政策还没出来，大家都在观望，老板自然不能投资了，烧饭师傅也说要走。布厂一时困顿不堪。

此时，庄新璋既要体恤工人，又要养活一大家子。在有百余名工人的裕民布厂，他实际上承担着"经理人"的责任，既要对老板负责，又要对工人负责，再加上家庭经济负担，身心都承受着巨大的压力。看到丈夫的身子越来越单薄，照云忧心忡忡的。

确实，烧饭师傅年纪大了，他说要回柴桥安度晚年，也合情合理。庄新璋只好让自己的老婆照云一边拖拉着小孩，一边去给工人烧饭吃，直到公私合营。

照云毫无怨言，干脆带着孩子们一起常住工厂，帮助食堂做饭菜，还干些杂活儿。也因为照云承担下裕民布厂食堂的买、汰（洗）、烧这些重要而艰巨的任务，之前的烧饭师傅很是感激，特意上门来月湖新璋家看望，带来了老家舟山金塘的特产——金柑，又大又甜。

1956年，公私合营社会主义改造，当时的裕民布厂已成为拥有几十台洋机、上百个工人的织布厂，在宁波也算小有名气，裕民布厂与其他几家布厂合并，取名“人丰布厂”。人丰布厂的老工人、外公的徒弟丁金堂介绍说，“人丰布厂”的名字就是外公提议取的，取意“人多万事兴旺”。那年出生的四舅也取名为“瑞丰”。

公私合营时，国家派来公方经理，外公依然出任财务科科长。后来，很长一段时间内，庄家后辈的在填写家庭成分栏目时必须写“资方代理人”。而被定性为资方代理人的外公所经历的苦痛挣扎，不是一两句话能够说清楚的，更不是我们后辈人所能体会的。所以，外公的内心郁积了很多生命无法承受之重。

1959年上半年，国家提倡科室干部参加一线劳动，和工人群众相结合。新璋在织布车间参加劳动，有一天他从楼上朝楼下走，一位工人扛着长长的光棍①低着头从楼下朝楼上走。转弯时，大家都没注意，长木棍一下子顶到新璋的右侧腹部。

当时新璋感到胸口剧痛，但是脱衣看看又没有什么外伤痕迹，所以，一直没有想到上医院做检查。

我母亲回忆说：“当日，爹爹感到极其疼痛，其实已经内出

---

① 光棍：指木棍。

血了。第二日，爹爹强忍疼痛，照常上班去了。那日，他依旧坚持上完班，后来发现口中有血，回家就开始吐血了。”我母亲人生当中第一次看到这么多的血，害怕极了。

她听了阿爸的吩咐，心急火燎地一路奔跑去寻找我的外婆。

“你外婆当时在芳草洲附近听党课，她叫我不要心急！听完课才和我急急忙忙回家，送你外公上医院。”

显然，外婆没有意识到事情的严重性，否则她绝不会耽误半刻。新社会给了外婆新的生命，于是她积极参加扫盲班，积极听党课学习，努力提高自己的文化水平与政治觉悟。可是她却完全没有想到，自己的丈夫此时正在和生命赛跑。

14 临终遗言

新璋吐血不止，被送到当时宁波最好的医院，接诊的医生诊断其吐血为痨病，当时西医的流行做法是肺出血常规用一种特效药。新璋吃了几日特效药后，丝毫不见成效，更多的血被吐了出来。这个医生又提出要吃 APC（复方阿斯匹林片）和雷米芬太尼两种药，随后又告知庄家当时宁波没这类药，医生也没办法。

照云赶紧让大女儿瑞霞写信给亲戚赵华楠，让他设法在南京购买药品，最后药是买来了，也吃了，但是依旧没有什么效果。

新璋持续吐血，不明出血原因，照云心如刀割，又陪丈夫住院就医。

1959 年 5 月 7 日，中医会诊后高高瘦瘦的老医生最终判定：前面医生诊断失误，患者得的不是肺结核，而是外伤导致的内出血，现在五脏六腑已经大出血了。由于病情延误太久，实在没有任何办法了。

听此噩耗，全家如五雷轰顶，手足无措。

夜里，瑞雪带饭过来，她让二哥瑞国回去，自己来陪夜，因为大哥和二哥此时正在备战高考，但是瑞国不肯回去。新璋艰难地说："还是瑞雪回去吧，管好阿九、阿十。"

外公在临终时刻，对二囡庄瑞雪交待多次的一句话就是"河埠头介近，阿九、阿十要管牢。"他心里最惦记的是两个小儿子。

那天，医院少给了一次流质，大家也没敢多说什么。照云见丈夫实在难受，因为一直只进流质，怕是饿得慌，就跟二闺女瑞雪讲："明天，你到升阳泰给你爹爹买一斤饼干来吃。"

夜里，见父亲实在肚子饿得难受，瑞国一点钟就起床，出门去购买豆浆。他心急如焚地看着工人拿豆子、倒出、清洗、加水、把豆子一点一点磨好，一直等到五点多，才捧着热乎乎的豆浆到父亲的病床前。

伤心欲绝的照云小心翼翼地喂骨瘦如柴的丈夫喝豆浆，第一口咽下了，第二口也咽下了，第三口喝完后，新璋就闭上了眼睛。

1959年5月8日清早6时许，医生宣布外公的心跳停止。男人无妻家无主，女人无夫屋无梁。听闻外公过世，外婆当即晕倒，不省人事。

后来，隔壁床的病友跟我外婆讲："实际上，前一天夜里十二点他已经对侬（我的外婆）说告别话了：‘瑞华娘，侬要听党话，跟党走，依靠党。’”

“要听党话，跟党走，依靠党”是外公临终遗言，外婆就是靠着它撑过了艰辛的日子，迎来幸福的晚年。

15 白发人送黑发人

住在城南段塘社区的外婆弟弟（我叫小舅公）听闻外公去世的消息急忙赶来，听到因医生误诊延误病情后，他极其气愤，说要贴一张医院的大字报。当时，就流行张贴大字报来反映社情民意。最后，还是被清醒过来的外婆劝住了，虽然她也很怨恨，也很悲伤。

外公突然过世，谁都没有思想准备，寿衣、寿材也没来得及准备。棺材用的是小舅公给其丈人准备的，从段塘那边拉过来的。外公的墓地由大女儿瑞霞的丈夫去落实，当时在宁波市人武部就职的他选择了西乡集士港山下庄墓地。

在瞻仰外公遗体的日子里，人丰布厂的工会送来了花圈，很多亲戚朋友从外地赶来，其中还有拄着拐杖的耄耋老人。谢家阿爷（外公的老板）悲痛地讲：“新璋，你走得太快了，应该是你送先生，今天，反倒是先生送你。”他跪倒在外公坟前，老泪纵横。

公私合营时要盘清资产，谢家阿爷是私方董事长，外公经过三天三夜的思想斗争，最终选择把厂里的家底和盘托出，如实向政府汇报。因此事，私方董事长谢家阿爷对外公颇有微词，怪他太直爽，还多次与他争论过，对他有很多埋怨。不过，谢家阿爷心里也明白，新璋本是个忠厚老实的人，在当时的情况下一定会实话实说。

母亲跟我讲："我小的时候每年正月初一早上7点就要起床了，梳洗完毕，穿上新衣服，吃了阿姆烧的一点泡饭，阿爸就带着我，你大舅、二舅、大嬷嬷拎着桂圆红枣之类的礼品，到他先生家拜年。他们家平常是开小门进出的，大年初一八扇大门全开。我一直是叫他谢家阿爷，他的第一位夫人不能生育，得意的是第二位夫人，阿拉叫她'后生阿婆'。我们到时，他家客厅已经摆放了'四色'，用高脚盘装着，一盘是烧熟的荸荠，这是清火的高档货，另外三盘是花生、瓜子和糖。保姆会端上桂圆甩蛋，每人一碗。阿爸先是拜年，然后汇报工作，稍坐片刻就起身了。每次回家的时候，我和你大嬷嬷的口袋里总是装满了糖果。"

母亲说外公和其先生的关系已经超越了普通的师徒关系，先生把外公当儿子一样看待，所以外公突然走了，谢家阿爷也是极其伤心的。

外公出殡那日，天蒙蒙亮，一只大船停在月岛17号的大门口，船头是外公的徒弟丁金堂，他一路敲打铜锣，船尾是学徒程亭鹤。满满一船送行的人，从湖西河、马眼槽，经过天一阁边上的秦家祠堂，出了西门西塘河。

丁金堂边敲大锣边叫道："先生过桥①，先生过桥，先生过桥了。"直至山下庄墓地的山脚下。八个壮汉抬棺材到山头已是满头大汗了。和外公感情最深的丁金堂和余小娥夫妻忙前忙后，照

---

① 过桥：宁波风俗，生怕灵魂过桥时被遗落，必须得交待一声。

料周全，让外公入土为安。

综观外公的一生，可谓“头苦萝卜，一世劳碌”。他从小受尽苦难，年轻时努力拼搏，想让全家过上好的生活。好的生活眼看就要来了，自己却撒手人寰了。

平湖面面镜奁开，远浸孤城近浸台。雁带断云投岸去，草分秋色过桥来。

——明　陈权《月湖远眺》

第六章　抉择

家决不能散

外公突然离逝，对外婆来说无疑是晴天霹雳。没了主心骨、顶梁柱，庄家一大家子今后的日子怎么过呀？

1959 年 5 月外公突然病逝，失去父亲的孩子们围着母亲哭个不停，外婆也是每天以泪洗面。只要一停下来，她就会想念外公，想起他对自己的各种好。

16 孝子与慈父

外公的母亲住在外公家，老人家信佛，每逢节日就要到寺庙、庵堂烧香拜佛或者放生。老太太年纪大了，行走不方便，外公陪同时，一定会扶住她。如果老太太去中山公园附近的白衣寺放生，庄家的孩子们就帮忙拎水桶，桶里放着水，水里养的是乌鲤鱼。因此，外婆家从来不吃乌鲤鱼。现今，白衣寺虽然早已不复存在，但是中山公园旁白衣巷那里的两棵白果树依然耸立着，郁郁葱葱，仿佛在诉说着那段美好的往事。

年关将近，大雪纷飞，新璋完成年底关账任务后，已是深夜，所有店面都打烊了。挑着馄饨担子卖夜点心的人走在昏暗的路灯下，用一根竹扁担敲打着毛竹管筒，发出“笃、笃、笃”的声响。

新璋把准备好的搪瓷杯子给卖馄饨的递了过去，几毛钱就能盛满满一碗。他小心翼翼地把搪瓷杯裹进棉衣里，一路小跑回家。他知道，那时妻子照云肯定还在做针线活儿等他。到家后，新璋把馄饨分成两碗，先把已经睡着的老母亲叫起来吃一碗热乎的点心，然后另一碗给老婆暖胃。

外婆幸福地回忆着往事，抿了抿嘴唇，似乎存留在她嘴边的馄饨鲜美的味道还没有散去。小小的一碗馄饨，足见外公的孝母爱妻之心。

庄家三子瑞盛小时候很顽皮，经常爬高上低。有一次他找东西吃时，把放在大橱柜上面的瓷瓶打碎在地，黄糖也撒满一地。他吓坏了，偷偷地躲在一处，怕被大人责骂。

新璋发现后把瑞盛叫过去，丝毫没有斥责他的意思，而是耐心、和蔼地同他讲："小孩做错事没关系，要承认错误，要老老实实告诉大人。下次不要重犯错误，做什么事都要注意安全。"

外公就是这样，既关心子女的安全，又会跟子女讲道理。

在我母亲的记忆中，外公虽然从来没有打骂过他们兄弟姐妹，但是在他们心目中，父亲的威信是至高无上的。在家庭经济状况极其困窘的情况下，外公想方设法挤出钱让孩子们去读书，不论男孩还是女孩。我母亲讲，虽然外公接受的是封建礼教教育，却没有男尊女卑的旧观念。因为外公自己从小家庭贫困，无钱上学，在私塾旁听了两年，虽有了点儿文化基础，但在工作岗位上常常碰到文化知识欠缺的问题，所以，他真的认识到读书增加知识，知识改变命运，有知识有学问才有好的前途。

外公经常告诉孩子们："父母对子女要慈爱，子女对父母要孝敬，哥哥姐姐对弟弟妹妹要爱护，弟弟妹妹对哥哥姐姐要尊敬。这才是亲情，真正的骨肉之情。"对于外公的这些教育理念，外婆也很赞同，她也是用它们支撑起没有外公后的庄家的。

外公是一个孝子，更是一位慈父。他一生最大的遗憾就是没能陪伴十个孩子成长。外公去世时，小儿子瑞芝才三岁，庄家沉重的担子只能留给外婆一个人去挑了。别人劝慰外婆：你属马，他属牛，“牛马不同槽”，你就放手吧。

17 庄家快散架

家中的顶梁柱突然倒下，谁来支撑这个家庭大厦？十个孩子，除大嬷嬷瑞霞已经参加工作在江北湾头当会计外，大舅瑞华、二舅瑞国正临近高考，五舅瑞泰不足六岁，小舅瑞芝还不足三岁。

外公的出殡仪式庄重严肃，外婆一口一声喊着外公的名字，希望外公把她带走，场面催人泪下。但她也知道，这怎么可能，留下的一群孩子怎么办？外婆看着一群可怜的孩子，孩子们的眼睛也紧紧地盯着她。

亲眷来了，领导来了，好友来了，流泪的流泪，劝慰的劝慰，怎么办？如何帮？有好心人出来劝说，按照旧社会的规矩，送几个孩子给人家养吧。这些孩子个个眉清目秀，比如我的大舅瑞华，皮肤雪白，鼻梁又高又挺，眼睛大而深邃，学习成绩也很好。也有人家闻讯想来领养，有著名的医生、有富裕的人家，还有至亲好友。

“头夜忖忖千条路，天亮还是摸老路。”虽说家里发生这样的事，把孩子送去别人家寄养也是人之常情，却被坚强的外婆婉言谢绝了。

英明的外婆所做的第一抉择是：庄家决不能散！再苦再难，

外出讨饭，也不能送孩子去别人家。

可是，全家的吃饭问题如何解决呢？目前家里的收入主要是外婆在街道上班每月发的24元工资。鉴于庄家家庭的实际困难，外公也确实是工伤，外公单位表示绝不会袖手旁观，承诺每月补贴20元的最低生活保障费。可这显然不够负担一大家子的吃穿用度。

至今，我母亲回忆起当时大家对庄家的帮助依然觉得心暖：“我每个月要到人丰布厂领救济款，一进大门，大家都会说：‘庄科长囡来了。’我不需要办理任何签字盖章手续就能领到钱。”“不需要登记，大家都认识你的。”因为外公之前是布厂的财务科科长，所以大家也认识我母亲。

年底，一般是我母亲，有时也可能是三舅，会被外婆派去中山公园旁的宁波市工商联领过年的补贴。三舅说那有一个姓吴的门卫，一只脚有点跛，但是个好心肠，每次他都会提前到会计处领好钱，代为保管。三舅带去外婆的私章一盖，他就立马把补助金交给三舅。

三舅讲，吴门卫会摸摸他的头，叮咛道：“孩子，要把钱放进内袋里藏好藏牢，这样我才放心。”吴门卫会看着三舅放好钱，然后同他讲：“快去吧！你阿姆在家等你呢。”

现在我母亲叙述这些往事时，眼里依然噙着泪花。尽管我的母亲上学时学习成绩很好，也很想上宁波二中，但是，为了分担外婆的压力，她咬咬牙，辍学在家干活补贴家用。那时，大嬷嬷瑞霞已经是一名会计了。

18 上不上大学

摆在外婆面前的第二个艰难抉择：大儿子瑞华和二儿子瑞国究竟是顶替父亲工作挣钱呢，还是参加高考？外婆心里很矛盾。

长子顶替父亲就业在那时是理所当然的事。庄家两个大男孩正面临高中毕业，家里经济困难，他们出来就业挣钱，支撑家庭是义不容辞的责任。

可是两个儿子学业非常优秀，放弃高考太可惜了。而且丈夫新璋让儿子读高中，就是想培养他们上大学，绝不能半途而废。

外婆心里很酸楚，自责没有文化，也没有经济能力支撑整个家庭。权衡再三，她毅然决定：支持瑞华、瑞国去参加高考，读大学！

虽然最终做出这个决定也有好人相劝的因素，但最根本还在于外婆自己的观念——虽然家庭困难，但孩子不能错过人生良好的机遇。

由于外公刚刚过世，两位舅舅的心情还没有平复，时常陷于悲伤的情绪，所以影响了考试水平的发挥，好在平时的功底极好，两人仍旧考出了优异的成绩。

在宁波一中读书的二舅瑞国被全国重点大学浙江大学录取了；在宁波二中读书的大舅瑞华也收到两所大学寄来的录取通知书：一所是杭州师范学院，另一所是温州师范学院。那时，大舅已经在勤工俭学，思忖母亲的苦，他表态放弃上大学，让考上更好的学校的弟弟一人去读大学，态度十分坚决。

闻听此事后，湖西派出所钱所长特意跟外婆谈话："老赵同志，你的大儿子简直是百里挑一，跳高、跳远、铅球、标枪、1500米五项全能成绩第一，读大学可以申请人民助学金的，体育系的学生国家负责部分粮票。人家都是考不上大学，你们家考上了，放弃实在可惜了。”

20世纪50年代，中国的大学生可以说凤毛麟角。为了让两个兄弟能在同城读书，互相照应，外婆提议让大舅去杭州师范学院读书，大舅也愉快地同意了。

虽然两位优秀的舅舅读大学期间，都获得了优秀学生奖学金，而且学费全免，没有太加重家中的负担，但是每月生活费总是需要的，运动衣、校服费也是省不了的。二舅记得，他们探亲回家普通长途车票是3.6元，学生票减半。哥俩有时为了省几毛钱，就乘坐没有座位的加班棚车回家。

外婆经常告诫我们小辈：“有事不要胆小，无事不要胆大！真的出了事情，不要害怕，要勇于承担。”这是外婆亲身经历苦困后的人生收获。

外公去世，庄家困苦不堪，外婆做出两个重大决定：一是庄家不能散；二是再苦再难也得让孩子上大学。这既源于伟大的母爱，也源于外婆的高瞻远瞩。1959年，四十不惑的外婆深信“知识改变命运”。她把希望寄托在孩子们的身上，孩子有出息，才是家庭的出路。

外婆金句：**“吃不穷，用不穷，算计勿好，一世穷。”**

皓魄晶莹湖水清，夜深临泛不胜情。

——明　闻龙《月岛篇》

第七章　创建

全国卫生先进

“动员起来，讲究卫生，减少疾病，提高健康水平！”月岛要学小营巷，赶超白沙。吴冠中到月湖找创作灵感的那段时间，外婆正带领一帮人在创建全国卫生先进居民区、建设月岛公园。

19世纪50年代始，一场轰轰烈烈的城市卫生运动在全国展开。“动员起来，讲究卫生，减少疾病，提高健康水平！”1958年上半年，毛主席曾视察杭州市小营巷，对小营巷的爱国卫生运动给予高度评价，一时间，全国学习杭州小营巷蔚然成风。

19 要赶超白沙

月湖街道领导决定，由湖西派出所钱所长带队，组织部分优秀的居民会干部去杭州参观考察学习。钱所长第一个通知了外婆，这也是外婆第一次离开宁波。更让人感动的是钱所长还提早通知了在杭州读书的大舅和二舅来与外婆相会。

到杭州以后，白天外婆与其他参观者一起考察学习，还排队在毛主席坐过的椅子上坐了坐，她笑眯眯地对一起过来学习的同事说：“椅子前面的写字台上还有毛主席留下的香烟蒂头，被保存在一个玻璃瓶里，你们看见没有？”晚上，外婆见到了自己朝思暮想的两个儿子，她握着儿子们的手，喜极而泣。对于钱所长，她满怀感激之情，所以不难理解，在后来钱所长遇到麻烦时，外婆为何竭力帮助。

当时，宁波市树立江北区的白沙街道为卫生创建典型。白沙居民区住宅以砖瓦结构为主，以白沙公园为依托，环境优美。那时，东航舰队司令部、××××后勤部的驻地都在白沙，军民共创卫生城区优势明显，街道两边绿树成荫，马路干净整洁，家家户户窗明几净。

于是，当年镇明区街道领导提出："学小营巷，赶超白沙。"学习小营巷是可以的。"赶超白沙"，这可不是一句简单的口号，喊喊就可以了，特别是在月岛。

月岛在月湖中央，是夹在居士林与宁波二中之间的一个小岛，东起镇明路，西到大兴桥，南到月湖桥，北至树巷，十个小组近千户的居民学白沙、超白沙，谈何容易？数据资料显示，月岛上居民最多时有800多户2600多人，房屋结构以百年老木屋为主，还有破旧危房，台风肆虐期间，房管所就使用长木柱、长毛竹支撑这些危房。

月岛创建全国卫生先进居民区会不会是天方夜谭？这个光荣的使命落到月岛居民会"当家人"赵照云身上。她化压力为动力，撸起袖子加油干。

照云认为首先要传达口号，统一思想："爱国卫生，户户动员，人人动手，家家参与。"然后从街道主任、卫生委员到小组长、居民，层层落实，每个墙门推选一名卫生员、保洁员。卫生工作从一家一户、一点一滴的实事做起。居民会成立了青年突击队，以待业青年为主体，从清洁卫生和除"四害"开始着手推进卫生先进居民区创建工作。

消灭蚊子是全市大行动，市里出通告"今晚大烟熏"，大街上、小弄里，每隔几百米堆一堆干草，点燃后烟雾腾腾。这时候，室外的蚊子开始向室内钻，等时机成熟了，大家就关闭门窗，在铁面盆里加六六粉，开始熏蚊子。半个小时后，开门进去，遍地是蚊子，扫帚一扫，热水一泡，蚊子就被全部消灭了。

一个月开展几次这样的灭蚊工作，蚊子确实少了，但要彻底消灭蚊子，还要控制滋生蚊虫的源头。居民会的专职消毒人员隔天就往阴沟、角角落落喷洒药水，挨家挨户查看水缸有无金鱼。金鱼是蚊子的死敌，无金鱼的小缸小盆容易滋生蚊虫，一定要保证底朝天，不能积水。

照云发动全家老小，多次参加清理阴沟的行动。大家翻起长石板，把淤积多年的污泥用桶装好，倒入大树旁已经挖好的洞里，盖上土，也可以用作肥料。然后用清水冲洗阴沟，在阴沟的入口处，放置钢制的网眼，不让杂物落入，保持阴沟的畅通，不留积水，蚊子自然也就无处寄生了。

通过大家持之以恒的努力，全月岛真正做到了夏天睡觉不用蚊帐：夏夜，明月高照，人们在明堂里纳凉、讲故事，何其惬意。

那时候，消灭“四害”得用“人海战术”，这种原始的灭蚊法在现在看来似乎有些可笑。但是在当时的时代背景下，在有限的技术条件下，通过大家的努力，实现了灭蚊的目标，着实是不易的。

接下来，需要打扫环境卫生。对孤寡老人、个别脏乱重点户，由青年突击队全面协助打扫屋舍。他们先借来消防龙头喷淋，然后爬上竹梯擦抹。这个时候的照云，虽说已到了中年，但为了以身作则，她也经常爬上梯子去打扫，用自己的实际行动带动众人积极参与卫生社区创建。

老房子的柱子，要一根一根擦干净；明堂的石板经过一遍一遍地冲洗，青的青，白的白，室外室内干干净净。居民家床上的被头虽然有的打过补丁，但方方正正，像战士营房的被子被刀削过了一样整齐有序。最邋遢的居民自己评价："主任，看看吧，煞清爽，梅兰芳，再要清爽大脚胖①！"

那时，家家户户都张贴墙门卫生公约：不能随地吐痰，不乱倒杂物。墙门卫生员、保洁员落实到人，保证每天一小扫，一星期一大扫。邻里互相督促，居民逐步养成了"讲卫生光荣，不讲卫生可耻"的良好生活习惯。

各组自查加互查。各位组长带头，要在互查时指出不足之处，及时整改，并建立评比"卫生先进"的流动红旗制度。

那时候搞运动很有号召力，组织上开个思想动员会，居民们便自觉自愿参与，并且都是义务劳动，根本没有物质奖励。比如，群众参与，在月岛公园建造了八角凉亭、假山、九曲花架栅、喷水池、圆洞门等，为美丽月湖锦上添花。

外婆讲，月岛的样貌就像一只神龟，月岛上的四座桥就像神龟的四只脚。其中一只龟脚便是月湖桥，它是月湖的古老建筑之一。此桥始建于宋元丰七年（1084 年），原名湖心东桥，与花屿西的湖心西桥同时建造，称姐妹桥，此两桥是月岛、花屿与烟屿间的通道。湖心东桥边有千年古刹湖心寺。明朝张时彻退官还乡时居住在花屿，后将湖心寺改建为书院及家庵，名"月湖庵"，

---

① "煞清爽"本义为对梅兰芳干净利落表演的称赞；后半句是戏谑语。

因此桥名也随之改称“月湖桥”。据考证，清乾隆四十六年（1781年）重新修建月湖桥，所以即便是现在的月湖桥也有二百多年的历史了。

月园的南门前是湖心东桥和湖心西桥，原称广生堤。门前西桥的桥堍边横卧一块两米多长的石条，上书“湖心西桥”。石门的南面围墙内是千年古刹湖心寺。月园的西边湖滨，原为河埠，现新建为长廊。前面有一众乐亭，原众乐亭在柳汀南岸，又名风亭，时常有雨水洒进来，也是一处独特的风景。

月湖神龟的另一只龟脚便是这湖心西桥。如今的湖心西桥也是新建的。我母亲说，20世纪50年代古老的石拱桥还在，50年代后期，为方便居民进出、通行汽车，将拱桥改为平桥。月湖景区改造时，按旧时恢复改建为拱桥，古人诗句中“一桥如虹”的美景才得以重现。

月岛的最北端新开辟了一片银杏树林，因为是由甬籍的两院院士与宁波市海曙区镇明中心小学少先队员共栽共建的，所以被命名为“院士林”。这“院士林”便是神龟的头部。1990年9月14日下午，时任中国科学院院长、两院院士的路甬祥一下飞机，就赶到林地，亲手种植了第32棵银杏树。此后，甬籍院士只要回家就会去林地种下一棵银杏，目前总数已达121棵。每到秋天，银杏树林里落英缤纷，在朝霞或者落日的映衬下，呈现出一派金黄色美景，游客纷纷驻足拍照留影。这些地方当年都是些老房子，如今已焕然一新。

月岛上下经过几个月的连续战斗，已经做好了迎接各级卫生检查的准备：查公约，查制度，更重要的是实地实查。

检查人员终于来了，有领导、有医生、有卫生专家。一些检查人员戴着雪白的手套，他们时不时伸手摸一摸，尤其关注门背后、看不见的角落等。检查结束后，他们的手套仍然是雪白的。他们深深感叹："这样一个有近千户居民的老小区，能做到如此清洁、整齐，肯定是下了硬功夫。""过去是听说，现在是实地看到了，真是了不起！"

后来，陪同检查团的街道领导表达了这样的意思：他们之前是担心的，怕出洋相，但对老赵主任从不弄虚作假、脚踏实地的工作作风是很信任的。

最后，检查团不但看到月湖的街街弄弄整整齐齐、干干净净，而且看到家家户户室内整洁卫生。因此，对月岛居民会爱国卫生运动工作交口称赞。

此后，月岛居民会多次被评为市级、省级卫生先进单位，月岛被推选为全国卫生先进居民区。

20 领导"牛鬼蛇神"

老宁波人晓得，月湖景区里曾经有月岛公园，面积大约有5亩地的样子，建于1960年初，有四道门可以进出，就是现在的湖心西桥、月湖桥、古文字桥等，这跟外婆也是有关系的。

月岛公园大门朝东，面向县学街，后门朝西，面向花果园巷、陆殿桥，北门朝柳汀街。公园内有八角凉亭、假山，鱼池、喷泉，石笋、石椅、石桌，还有可走人的假山洞、九曲弯的葡萄架。弯弯曲曲的石蛋子路旁是四季常青的冬青树、桂花树、白玉兰树、广玉兰树；从东大门进来就是两棵一雌一雄的白果树，从西门出来是两棵伞形的松树。

那个年代，有一种人叫“四类分子”，其实是“地主分子、富农分子、反革命分子、坏分子”的统称，之后又加上了“右派分子”，俗称“牛鬼蛇神”。当时，月湖正东门口的两旁，挂的对联很醒目：狠抓阶级斗争，横扫牛鬼蛇神。其实，月岛公园这一江南园林式公园就是这些“牛鬼蛇神”和居民群众义务劳动的结晶，他们是月岛公园的设计者、建造者。

开展全民爱国卫生运动，全国学小营巷，宁波学白沙，而白沙有个白沙公园，若在月岛上建成一座公园，就可以更好地“学白沙，超白沙”。对于领导提出的这个建议，大家鼓掌通过。经过组织讨论，最后领导还是把这项艰巨的任务交给了月岛居民会主任赵照云。

此时，赵照云深感压力巨大，要在荒废已久的场地上建一座公园，一无资金来源，二无专业设计人员。虽然上级没有规定完成建造的时间，但是什么样的规格才算得上是公园？一时居民会众人不知该从哪里着手。

赵照云听说，街道集中了湖西辖区的“四类分子”共40多人，他们中有本事的不少。月岛月湖也是他们的家园，建设家园大家都义不容辞，所以他们可以作为建园的主要劳动力，通过劳动改造他们。人是找到了，问题是如何发挥他们的作用？照云决定先开一次碰面会。

月岛公园建设者首次碰面会在月岛居民会的会议室按时举行，外婆代表月岛居民会先作发言：

“各位师傅好！今天会议的主题是和大家一起共同商讨，如何在废场地上修建一个公园。我姓赵，叫赵照云，是个大老粗，所以要依靠大家了。恳请大家，有知识的动脑筋、出智慧；有体力的出气力、出劳力。我保证搞好后勤工作，保证大家吃饱、吃好。”

当年，对“牛鬼蛇神”绝不能称之为“同志”，而“师傅”是对有技术的人的尊称。外婆没有高谈阔论，而是开门见山，这简单的开场白，一下子把在座的人的距离拉近了。当时，“四类分子”听到的多是训斥声，他们经常被人蔑视。这一次他们非但没有听到居高临下的命令，还听到有人尊称他们为“师傅”，还表达了“共同商讨”的意思，最重要的是他们的身份从被打倒的对象变成了可以依靠的对象。“以尊重换尊重”，大伙静静地听着。

“人靠良心树靠根，走路纯靠脚后跟。”会后，大家自动分成几组，自选组长，自己管理自己，无须早请示、晚汇报，心情舒畅了许多。一旦思想包袱放下了，大伙儿的干劲也就更足了。

第一步平整土地，锄头、钉耙等工具能自带的自带，实在没有的向居民借，工程手拉车也是临时借来的。

这片废墟占地几千平方米，上有几十间百年老屋，不到一个星期，该拆的拆了，该平整的平整了。那么，下一步怎么办？

正在这时，高度近视、驼背又早生白发的老陈带来了自己设计的公园平面图和立体效果图，真是神了！

这位老建筑设计工程师说：“我不是自傲馒头白，咬开纯是麦。虽然园林设计不是我的本行，但也略知一二；经过测量计算和好几夜工作，才有了这个作品。”

外婆看不懂图纸，就听他一一解说：靠墙造一个假山，大门口进来挖个池塘，建个大型喷泉；池中养鱼，供人观赏；居民住宅旁弯弯曲曲，就搭建葡萄架，这样不影响居民开窗门；东大门是拱形门，西大门是圆洞门，中间搭个八角凉亭，树荫下做一排石凳，供人休闲。

老陈一边讲，外婆一边点头，连声回答："好！好！好！侬是鲁班师傅造凉亭，外行人咋可以批评。谢谢，辛苦了！"等他解说完毕，外婆一看钟头，还未到下班时间，就说："快，快，向领导汇报去。"说罢，拉着老陈就往街道办公室去。

21 建成月岛公园

街道的几位主要领导都在，见满头大汗的老赵和戴眼镜的老头急急忙忙的，便问："老赵，有啥急事体？"

"我是有要事汇报，具体请老陈讲解。"外婆让老陈把他的想法讲了讲，领导们认真聆听，经过一番商议，当场拍板，就按此图施工建设。

方案是定下来了，下一步怎么办？最关键的问题是所需要的资金、木材、石材从哪里来？外婆本想开口讨要，但是她也知道街道根本没有专项资金，"勿是侬格财，勿落侬格袋"，讲了也白讲，只能自力更生，走"化缘"之路了。

外婆自己评价说当时真是"衣裳贼破，胆子贼大"，说是"化缘"，用现在时髦的话就是"拉赞助"，融资众筹。虽然外婆知道要磨破鞋底，费尽口舌，但是她胸有成竹。

第一站走访关帝庙旁的湖西房管处的徐站长，第二站走访居士林环卫处的朱处长，第三站走访月岛 1 号的市政工程处。外婆一遍一遍向领导们汇报建设月岛公园的公益性，以及现在面临的缺乏资金和“三材”（钢材、水泥、木材）的问题。

这些单位都处于月岛辖区之内，平常开展工作，受到居民会多方面的帮助，当时就表示会大力支持：“出钱有功德，好甮①拜菩萨”，大家互相帮助，互相支持，理所当然。

木板、柱子、长木头是房管处从危房上拆下来的；造水池的水泥、造八角凉亭的钢筋、假山石、鹅卵石，由市政管理处与环卫处无偿提供；石柱、石鼓、石桌、石塔，可在湖西辖区废弃场所寻找。那个年代，无主的老宅废墟里的石料，征得当地居民会的同意，就可以拿走。

“三材”到位了，就可以按图纸施工了，下面就要抓进度了。宁波老话：“做做做勿做煞，气气气要气煞。”当时这些“牛鬼蛇神”，在不挨批、不挨训的环境里，浑身都是劲。“重石头肯定压出臭咸齑”，由于月湖公园建设尊重技术、尊重人才，不到半年，一个江南盆景式公园就建成了。

这个江南公园，不仅是当地居民的休闲之所，也是外地游客的观赏之地。

由于积极参加劳动改造，许多参加月湖公园建设的人不久就摘掉了“四类分子”的帽子，恢复了正常的生活。

没有料到的是，“文革”期间，这建设公园的伟业竟成为外婆的一大罪状——不抓阶级斗争，和“牛鬼蛇神”和平共处，公园是“牛鬼蛇神”的作品，是修正主义的滋生地。

当然，这也都是过去的事了。多年以后，这些公园建设者们

---

① 好甮：意思是“不用”。

回想起建园期间，和一个待人诚恳又讲义气的老阿姨共处的日子，都感慨万千："虽然工作是辛苦的，但是心情是舒畅的。"

"做事体不能一等二靠三落实，只有一想二做才能三成功。""鸭大蛋大，量大福大。""人抬人，无价之宝。"这些都是外婆的金句。

一位普通的劳动妇女，能和当时人人唯恐避之不及的"牛鬼蛇神"和谐相处，能够摆脱各种世俗的困扰，表达自己的独立见解，并致力于自身修养的提升，非一日之功，外婆所拥有的气度和视野，令人敬佩。

《王阳明全集（下）：箴一首》中有句言："庄敬自持，外内若一，匪徒威仪。施教之道，在胜己私，孰义孰利，辨析毫厘。"意思是庄严恭敬而能自我克制，表里如一，不是徒有威仪。推行教育的方法，在于克制自己的私欲，看清楚哪个是义，哪个是利，能从细微处辨析天理与人欲的区别。

没有经过什么管理学的培训，没有什么文化的外婆，是如何领导居民会工作的？这激发了我强烈的好奇心。我分析的最终结果是，她是靠自己的良心、责任感领导居民会所有人员的，运用的就是王阳明的这种质朴的原理。

我合计了一下时间，吴冠中在月湖找创作灵感的那段时间，外婆正带领一帮人在创建全国卫生先进居民区、建设月岛公园。

吴冠中在《双燕（一）》中点明《双燕》的"母体"来自月湖："我们离开舟山回宁波，到宁波火车站，离开车尚有富余时间，我们便到附近观察，我被滨河几家民居吸引，激动了，匆匆画速写，……这民居，就是《双燕》的母体……”①他自我剖析：童年并未感到故乡美，只是很喜爱来来去去的燕子，“江南情调”日后才成为我画意的主要源泉。他在后来写的《双燕（二）》的结束语时再次明确灵感来自宁波：“那幅画受启示于浙江宁波冷落街尾的大宅院。”

“……而苏联专家说，江南不适宜作油画。银灰调多呈现于阴天，我最爱江南的春阴，我画面中基本排斥阳光与投影，若表现晴日的光亮，也像是朵云遮日那瞬间。我一辈子断断续续总在画江南，在众多江南题材的作品中，甚至在我的全部作品中，我认为最突出、最具代表性的是《双燕》。”

“《双燕》着力于平面分割，几何形组合，横向的长线及白块与纵向的短黑块之间形成强对照。蒙德里安（Mondrian）画面的几何组合追求简约、单纯之美，但其情意之透露过于含糊，甚至等于零。《双燕》明确地表达了东方情思，即使双燕飞去，乡情依然。横与直、黑与白的对比美在《双燕》中获得成功后，便成为长留我心头的艺术眼目。……再至1996年，作《忆江南》，只剩了几条横线与几个黑点（往事渐杳，双燕飞了），都属《双燕》的嫡系。”

现在的月湖景区管委会，按照吴冠中《双燕》画作恢复了民居原貌。可惜，外婆团结月岛建设者们劳动的结晶——融艺术于生活的月岛公园如今已看不到了，但是现在的月湖景区更美，值得一游。

---

① 吴冠中. 永无坦途：吴冠中自述［M］. 长沙：湖南美术出版社，2015.

暮天爨火起渔家，漠漠轻烟护暖沙。不是歌声飞到耳，哪知中有钓鱼槎。

——清　史锡祺《烟屿》

第八章　苦撑

三年困难时期

那些年真的吃不饱饭，买什么都要票，粮票、布票、油票、糖票、香烟票、老酒票、煤球票，连买一盒火柴，也要火柴票。可是，外婆还对别人讲：“不要看我穷，如今虽是背债，但我有十个孩子十家银行。”

22 不得已卖血

1956年，外公还在世，家里人口越来越多，渐渐地入不敷出。为了全家生计，也为了不给自己的丈夫添堵，我的外婆居然瞒着家人去卖血。

那时，外婆是单位的顶梁柱，她是个性要强的女人，工作上，什么事情都要做得有声有色，争先进、争第一，忙得够累人；一回到家，一群孩子的生活、沉重的负担，更让她喘不过气来。

家中但凡值钱一点儿的东西，都被外婆送去卖掉或者当掉了，接下来的日子怎么过？外婆牙一咬心一狠，背着家人卖血换钱来支撑这个家。忙工作、忙家庭，已经相当劳累，本来就没有什么营养，再加上卖血，外婆日渐憔悴，怎能不倒下？当然，这些事孩子们当时都不知情。

一天，周家姆妈带着怜悯的口吻对我母亲说：“你们还不知道吧？无论如何，都叫你阿姆不要去卖血了。可怜、可怜，200 CC血还不到10元钱，叫你阿姆千万不要再去了啊！”

我母亲非常震惊，一回家就告诉了兄弟姐妹，大家都哭着劝外婆："阿拉会听话，阿拉会省吃，不要再卖血了。"母亲能用自己的鲜血甚至生命来养育自己的孩子，世界上还有什么比母爱更伟大呢？

外公知道外婆卖血换钱的事后，心情很复杂，又辛酸又心疼，懊恼自己没有能力照料这么多的孩子。过了一会儿，外公让我母亲去请大舅婆来。以前每次外婆坐月子，基本上都是大舅婆来帮忙服侍的，很是贴心。

我母亲记得很清楚，那时已经入秋，天也黑了，外公再三关照："务要（我妈的小名）走好，天很黑，从小砚岳池边走，当心一点。"外公自己不好意思出面，就请大舅婆出面去劝外婆，大舅婆心疼地劝说外婆："阿姑，你生产十个孩子、养育十个孩子，血已经倒干净了，宁可苦吃苦用，千定万定，不要去卖血了。"

"阿嫂，我听你的话，不去了。"外婆这才停止卖血。

23 支农分名额

外婆说，1960 年、1961 年、1962 年，大江南北先是出现干旱，田开裂得能插入手掌，接着大雨倾盆，洪水泛滥，遮天盖地的蝗虫还和人们争抢所剩不多的粮食。

除"四害"时把麻雀赶尽杀绝了，导致粮食产量锐减。宁波虽受大气候、大环境的影响，但毕竟是江南鱼米之乡，不管怎样，城区仍能保证成人每月有 27 斤粮食。

现在可能有人讲："我减肥，一天都不吃几粒米饭，每月 27 斤粮肯定吃不了，还能有结余呢。”而那时每月 27 斤的粮食定量，几乎是一个成人全部热量的来源。

在那个年代买什么都要凭票证，粮票、布票、油票、糖票、香烟票、老酒票、煤球票，连买一盒火柴，也要火柴票。只有钱没有票，也是买不到东西的。

三年困难时期，也是庄家最艰难的时候，家中的支柱倒了，重担落在外婆一人身上，要维持这个大家庭的生活着实不易。仅靠外婆的工资收入，全家连最低的生活水平都无法保证。外公过世后，他原来工作的单位看庄家生活困难，承诺每月补贴 20 元，可以说是雪中送炭。

那时，大嬷嬷的四个女儿相继出生；大舅瑞华、二舅瑞国还在杭州读大学，三舅瑞盛在读初中；我母亲瑞雪小学毕业后，在宁波二中读了两个月就辍学了（校友纪念册根本查不到名字），到处打杂做临时工帮衬家里。她一个大姑娘在塘溪背木头，为了建设宁波华侨饭店，每天早上 3 点起床，干了两个月重体力活儿，最后赚到了 45 元，另加 45 斤粮票，在当时可是一笔不小的收入。她说当时都顾不得累，领了钱和票就开心地回家，心想着可以补贴家用了。

庄家几个小一点的孩子都在读初中、小学。我的小姨瑞雰读初中时个子很高，被少年体校排球队相中，训练时从不叫苦叫累。

从 1968 年到 1978 年，国家出台了支农支边政策，号召知识青年从城市到农村、农垦兵团务农或建设。后来实行了养老保险制度改革，从 1985 年开始知青下乡期间计入社保缴费年限，在办理退休时与实际缴费年限合并计算，去农村插队和去农垦兵团待遇一样。再后来，国家实施了知青退休金补贴政策，以示重视。

当时，月岛居民会分到了 10 个支农支边的名额。谁愿意送孩子去吃苦呢？这个指标咋分配？

那年，瑞雯阿姨正好从宁波二中初中毕业，外婆就积极响应国家支农的号召，狠下心让三囡瑞雯成为宁波二中第一批支农的知识青年。据我母亲回忆，当时送别的场面很是隆重，校长亲自去火车站给这些知青送行，她也拎着行李去给三姨送行。瑞雯阿姨说，当时她被分配到最边远的大队、最艰苦的小队。

让瑞雯阿姨生气的是，外婆居然把家里仅剩的一只铁箱子送给了邻居家去支农的孩子，然后让我母亲用打了补丁的被单包裹着衣服去给瑞雯阿姨送行。瑞雯阿姨对此一直不能释怀。

后来我母亲推理讲，外婆为了完成支农的指标任务，积极劝说邻居送孩子去支农，并答应赠送一只箱子作为送行礼物。

瑞雯阿姨至今仍觉得那段艰苦的支农生活不堪回首，母亲回忆说："我去大妹妹支农的地方探望过她一次，妹妹没有菜吃，只能把黄豆用盐炒一下下饭。幸亏我在路边买了一条带鱼带去，否则如何咽得下饭呢。"母亲说到这件事，眼眶便含着泪。支农的艰苦生活让三姨刻骨铭心，那段时间大家都没有东西吃，南方还好有米饭吃，不至于出现莫言所描绘的那种匪夷所思的饥荒。

那时，小舅还是一个小屁孩，因为可以坐火车，觉得很新鲜，于是暑假闹着要跟瑞雯阿姐去支农的地方玩。新鲜、兴奋的火车体验之旅结束后，小舅发现没地方可玩，也没啥可玩，还没啥可吃。瑞雯阿姨每天都要下地劳动，特别忙，小舅饿了要自己烧饭。两天后，他暗暗下定决心要不辞而别。一天吃完中饭后，阿姐前脚出门去劳动，没有钱但胆子贼大的小弟后脚就偷跑了。

走到火车站起码要一个小时，小舅生怕鞋子走坏了，就把鞋子背在了身上。赤日炎炎似火烧，好不容易走到车站，他实在太渴了，便鼓起勇气去向车站的站长讨了口水喝。

瑞雯阿姨劳动后回家，发现自己小弟不见后吓坏了，马上到广播站用广播拼命喊“庄瑞芝”，还打电话给在街道工作的瑞霞嬷嬷。外婆得知小舅走失了，急得乱转，又不知道去哪里找。幸好最后有惊无险，小舅安全到家了。

比小舅大三岁的五舅瑞泰回忆说，他也曾经到阿姐支农的地方去帮忙烧饭。五舅比较会跟人打交道，知道很多关于支农的情况，比如劳动是记工分的；每年秋收割稻后，大家能分到一点点钱和口粮，不过这钱还要买稻谷，根本没有什么结余。

五舅先是了解到支农的这些信息，后听说温岭兵团正在招人，兵团是部队军人编制，每个月还有24元的工资。他以为家里还需要有人去支农支边，不想让外婆为难了，没跟家里商量，就自己去报了名。正在吃饭的外婆听闻此事，气得筷子差点抖落。其实，五舅不晓得，小阿姨也要去洪塘支农了。虽然舍不得孩子去吃苦，虽然庄家已经有三个女儿去支农了，但外婆最终还是表示支持五舅去兵团的决定。

带着憧憬，五舅义无反顾地去了兵团。重要的是，相貌堂堂的五舅在兵团找到了自己一生的挚爱。所以，大家都觉得，有些事是命中注定的，五舅这兵团去得值。现在，五舅的兵团战友活动不断，他有很多兵团的朋友，也有很多生活乐趣。

24 努力过日子

血是不能再卖了，生活还得继续，总得想办法。外婆就想到了把房子租出去，为此一家人的吃穿住行各种习惯都得改变。

关于住 宁波人习惯“冬不上楼、夏不上楼”，意思是二层楼冬天很冷、夏天很热。但是为了腾出正堂房租给何家，腾出小客堂租给徐家，冬天，庄家兄弟姐妹睡阁楼大通铺，大家挤在一起倒还暖和。夏天，阁楼实在像“火炉”，像“蒸笼”，不能再挤一起了，就一人一条席子躺在一楼堂前的地上。现在回忆起来，这些都成了让人含泪发笑的故事。

关于吃 宁波人说“缸中有粮，心中不慌”。每当外婆工资下发或外公的抚恤补贴领到，外婆做的第一件事就是叫三舅去买米，要200斤一麻袋的原包装。外婆讲，米越陈越好，因为“涨息好”，出饭率高。

我小阿姨一直讲，她最喜欢吃早稻米，因为力道足。我母亲记得很清楚，那时早稻米每斤1角4分，三舅要从关帝庙口粮店背到家中，将200斤米倒入米缸，正好到缸口沿。而买的玉米、“六谷”粉、番薯干，则由弟弟妹妹带回。当时，聊以自慰的是“鱼生火，肉生痰，青菜萝卜保平安”。日子穷的时候，就把萝卜抬高到一定高度：萝卜熟，郎中哭。

小阿姨讲，那时鲜番薯上市就成为杂粮主食。鲜番薯堆在一起，发热会烂。湖西粮站的陈站长（后来成了五舅的老丈人）知道外婆养一大家子人，粮食不够吃，粮站有没人要的烂番薯、小番薯，他经常通知外婆去买，象征性地收几斤粮票，或打个对折(2分钱一斤)。那时，外婆家经常烤番薯，煮番薯汤饭，食谱上的花色品种又多了两种。那时，小舅和四舅晚上经常做小木工，卖了钱就补贴家用，我母亲经常在火灶火堆里烤番薯给他们当夜宵。有时候没小番薯，就到田里摘玉米烤，也很香。这就是穷人品尝到的幸福的味道。

困难的岁月，也有美好的回忆。至今，三舅还念念不忘火缸里的黄豆肉骨头汤。大灶烧尽后，把热的柴灰放在火缸里，砂锅煲里放上黄豆与肉骨头，文火煨一夜。第二天一早，没进门就香气扑鼻，取砂锅煲里的一粒黄豆放到嘴里就化开了，味道鲜美极了。

现在高压锅炖出的肉骨头汤味道总不如以前熬的。确实，用大灶和木材熬出来的汤味道更绝，所以，现在我的母亲喜欢用紫砂锅炖汤，感觉更好喝一点。

外婆家的后地院子大家叫它“猪池间”，猪是养不了，就变成了乱石堆。外婆心想：这开垦一下应该可以变成菜园。于是叫我母亲去市场买来菜籽，弟妹一起买来锄头，捡去石头，翻土除草，一亩菜地就形成了。我母亲回忆讲：“幸亏这块地，种的菜可以填填肚子，还有人来偷菜呢。不过，你外婆从来不计较，说可能人家也是没办法了。”

邻居们看到庄家的猪池间菜园，觉得这是个好主意，于是月岛16号的小脚冯婆婆、18号的陈家、郁家纷纷开垦乱石堆，把闲杂地变成自家菜园，并用石块、竹篱笆等搭起一些防君子不防小人的围墙作为各家菜园的地界记号。

外婆笑哈哈地讲："后门地田不落空，拔出萝卜就种葱。"一年四季，菜园里都是绿油油的，因为氮肥主要是柴灰，所以菜地里长出来的都是无公害的有机蔬菜。困难时期饭桌上的蔬菜，大部分来源于自家的菜园子。

为了省钱，外婆买菜的原则是买"落市货""剩落货""起脚货"。"上市货"新鲜，价钱自然贵。"落市货"是大批量出产的，"剩落货"是被挑剩下的质量差的，这两种价格自然便宜。"起脚货"是指卖家卖到最后剩下的，卖者想赶早回家，一般也不过秤，"起脚"全部买来，价格便宜一半，正好给一大家子人吃。

外婆拎菜篮子一直拎到 80 多岁。曾经陪同外婆买菜的我，还见识过她买菜的水平。外婆买菜从不直接还价，她总是笑眯眯地在各家摊位前走来走去观察着，刚开始陪同的我有点儿不耐烦，觉得这就是浪费时间。面对拉生意的招呼，外婆不好意思地答"屋里人交关多、吃口交关大"，意思是"我要买很多，你这个价钱我接受不了"。然后等卖家自动降价，她认为价钱合适了后，依然小心翼翼地讲："屋里人交关多了，吃口交关的大啦!"然后挑"剩落货"一锅端，用相当于现在团购价的价位买到自己想买的东西。由于外婆常使用这一招，所以菜场里的卖家自然了解她的需求。外婆买水果时买的也是"剩落起脚货"，如果有烂的，挖去那部分照样吃。当然，那年头能够吃饱就好，烂掉一点点谁还在乎呢。但现在大家都知道这个习惯很不好，出现部分腐烂，说明整个水果都坏掉了，即使削掉腐烂的部分，吃下去依然对身体不好。不过，对于海鲜，外婆还是有品质要求的，总是要买最新鲜的，小一点倒没关系。

关于柴 庄家可以说是“柴堆满仓”。小阿姨说，那时候烧柴不要钱，柴灰还可以卖点钱。所以，当年外婆家20多平方米的柴间，经常堆得满满的。

树巷口的宁波中药厂煎完中药后要倒掉药渣，邻居王师傅是中药厂骨干，他会提前告知外婆药厂什么时候出渣。只要药厂出渣，外婆就让全家大大小小准备好破麻袋、箩筐去拾渣，大家抬的抬，扛的扛。有时，外婆会从煤球店借来手拉车，把药渣拉回倒在大明堂晒干后，再搬入柴间。此外，树叶、枯枝都是外婆家大灶最好的柴火，秋风扫落叶时，家中就组织队伍到南站树林或沿马路扫落叶，运回来堆入柴间。

大灶烧尽的柴灰被放到火缸里，积累一定时间，就让换柴灰的人拉走。小阿姨讲，那时换柴灰先是付一二元钱，后来改成换肥皂、火柴之类的生活用品。外婆根本不计较这些，她讲：“农民换去当肥料，阿拉反正也要处理掉的。”

关于水 外公买的房产在月湖边，所以用水不花钱，吃的是缸里的天落水，用的是门前河埠头的湖水。小阿姨讲，干旱天，天水吃光了，清晨湖里水最干净，舅舅们就到湖边打水，很快又是满满的一水缸。

关于穿 宁波老话：“新阿大、旧阿二、破阿三。”庄家孩子虽然穿的是补丁打补丁的衣服，但清清爽爽。裁剪是外婆的强项，她从小就在工厂学过裁缝，改改孩子们的衣服轻轻松松。家中的旧"铁车①"是托上海亲眷买来的二手货，家空篮②有好几个，用来做衣服。外婆说买"零头布"价格更便宜，但要会算计好尺寸，否则，布料不够就是吃亏生意。外婆的邻居与好友经常来借"铁车"裁剪，大家会把剩下的零头布留下。攒够一些布头后，外婆就一小块一小块拼起来，做成普通布袋。据说，庄家无论男女，大部分人都跟着外婆学会了裁、剪、缝。我母亲瑞雪和小姨瑞雰在这方面更是得了外婆的真传，做衣服很在行，缝缝补补不在话下。

我母亲讲："过去只有两条夹裤，照样过冬天。还要到河里去洗衣服，冻疮满手都是。现在冷了要穿棉裤、羽绒裤了，衣服也不用自己洗了。"外婆经常讲："现在条件太好了，共产党好，阿拉要依心满足了。"

俗话说："富人处富如贫，穷人处贫如富。"何以评价贫富？关键在于对"钱"字的认识。一些有钱人虽然有钱，但是一边担心现有财产的安全，一边想去赚更多的钱，岂不心累！有何快乐可言？平民百姓虽然钱少，但量入而出，又能贫而有余，知足常乐，不也是另一种富有吗？

一个人是否勇敢、坚毅，往往看他在最艰难的时候有没有好的心态。外婆虽然带着十个孩子过得非常艰苦，但是她懂得着眼于未来，她相信儿女们长大了，日子就好过了。我想，这就是积极心理学的魅力。正是这股对未来美好生活的信念，照亮了外婆艰难的人生路。

---

① 铁车：指缝纫机。

② 家空篮：指针线篮，形如盘，无柄，放针线、布头、其他缝纫用具。

25 齐扫树叶爿

庄家人常在房屋附近扫树叶爿①，用来烧柴火，有两个地方很有名。

第一个地方是月湖公园旁边的宁波最古老的清真寺，也是宁波唯一的伊斯兰古建筑。它就在月湖边的后营巷，距今已有三百多年历史，初建于北宋咸平年间，重建于清康熙三十八年（1699年）。它青砖灰瓦，飞檐斗拱，极具明清时期的建筑特色。我母亲说，她小的时候，清真寺周围都是清代和民国建筑，遗憾的是随着城市建设的推进，那些建筑陆续被拆毁，只余下清真寺孤零零地伫立着。

2011 年，月湖清真寺被列为浙江省第六批文物保护单位。清真寺保存的抱柱残片上的文字一直无法辨认，直到 2019 年 7 月，经阿拉伯文书法家王琦斐鉴定后，被确认是一段圣训："先知说：睿智的人，不会屈服他的私欲，为了他的死后而做善功。愚蠢的人，会跟随他的私欲，在真主面前表功。"有专家评论说，工整对仗的原文是非常完美的圣训。我认为，这更像是一段人生箴言。

第二个地方是董孝子庙附近。曾经扫过树叶爿的大姐姐回忆道："董孝子庙位于宁波火车南站西南侧，坐北朝南，东廊北墙上还嵌有'重修董孝子庙碑记'，庙内有嘉庆十九年和咸丰十一年的两块匾。"1998 年该庙因萧甬铁路工程施工，向南移百余米，

---

① 爿：方言用语，片状之物为"爿"。

按原建筑风貌予以恢复重建。大姐姐的名字是响应国家的口号取的：1958 年大跃进，1959 年更大的跃进。所以，外公给大外甥女取的名字就叫“跃进”，大嬷嬷的四个女儿都是“跃”字辈；遗憾的是孙子辈的名字都不是外公取的。

外婆讲：“董孝子（董永）是慈城人，住慈湖北岸，从小丧父，与姆妈相依为命，其姆妈生了场大病，就想喝娘家余姚大隐的溪坑水，每天天未亮董永就步行从慈城到大隐去挑水，他的姆妈自喝了娘家的溪水后病就慢慢地好了，邻里都赞董永为大孝子。董孝子的孝行感动了上苍，一天，董孝子下地劳作时，忽然从地下冒出一股清泉，这泉水清澈透明，味道如甘蔗水一样甜，就像大隐的溪坑水。董孝子就掘土为井，后人将其命名为‘孝子井’。”

她继续讲道：“董孝子能流芳百世，还与其杀人事件有关。你们可能奇怪，这杀人犯还成了天下第一孝子？事情是这样的，这董家邻居王家姆妈经常与董阿姆聊天，一次聊到身体时王家姆妈问：‘我不愁吃不愁穿，但我身体还不如你好，是啥原因？’董孝子姆妈就回答：‘这是因为我儿子待我孝，儿子孝顺，我的心情就好，那身体自然就好了。’这邻居听后，就回去告诉了自己的儿子王寄，希望儿子能像董孝子一样孝敬自己。万万没想到王寄非但没有听进去，好好孝顺母亲，反而迁怒于董孝子的姆妈，趁董孝子外出劳作之际将他姆妈打成了重伤。董孝子回家后，跪在母亲床前痛哭，说：‘都是儿子不孝，让母亲遭此大罪。’其姆妈安慰道：‘这不怪你，是我自己祸从口出。’没几天，董姆妈含恨去世。董孝子悲愤交加，想去报仇，但想到王姆妈只有王寄这一个儿子，如果现在马上杀死王寄，他母亲没人养，也等于要了她的性命，又于心不忍。所以，董孝子一直忍到王姆妈去世后，才去砍下王寄的脑袋，祭于母亲墓前，然后他即刻去官府自首。这时，老百姓联名向朝廷求情，后来皇上也被其孝行感动，下了诏书免其杀人罪。”

《宝庆四明志·叙人》记载，董孝子本名董黯，是西汉的江都相董仲舒的第六世孙。东汉汉和帝听说了董孝子报仇杀人的事情，觉得其孝行可嘉，于东汉永元八年，下了一道《征孝子董黯擢议郎诏》，除了免其罪，还召拜为郎。从此，百姓将他挖的那口土井命名为“孝子井”，将土井上游董孝子老家所在地，取名为“慈溪”。唐朝前，此地归属于“句章”县管辖，后朝廷感念于董孝子的事迹就把“句章”改名为“慈溪”。当时的慈城就属于慈溪地界。

贺知章有一首五言绝句《董孝子黯复仇》：十年心事苦，惟为复恩仇。两意既已尽，碧山吾白头。贺知章的绝句所言与这民间传说基本吻合。

外婆晚年爱晒着太阳给孩子们讲故事：“原本这董孝子庙里还有二十四孝图，比如天冷了，董孝子怕姆妈冻着，先钻进被窝中，把冷被窝用自己的身体焐热后，再让姆妈睡觉。”“他的姆妈生病了，郎中配中草药讲，要用孝子身上的肉做药引子。董孝子就毫不犹豫地把自己大腿上的肉挖下一块入药。”

慈和孝，都是源于人性的善良。从前，外婆带着孩子们去看望太婆，邻居都夸外婆孝顺，外婆讲：“这是要做给小辈看的。”过了三十年，母亲也领着我们去照顾外婆、奶奶，邻居们也夸我母亲孝顺，她也回答这句话：“这是要做给小辈看的。”正是因为有了上辈人做榜样，下一代才会做得更好。家风家训家教就是在传承人性的善良。

外婆也不会忘记，在那段艰难的岁月里，有多少好心人帮助庄家渡过难关。我母亲常跟我提起：“周家姆妈良心很好，经常送粮食、旧衣裳给阿拉，月岛居民会办大食堂时，我去买饭，她拿出自己的饭票，叫我吃饱，然后又打一锅剩饭，叫我拿回家。后来她到上海定居，还让出在宁波的房子让阿拉暂住。谢菊清嬷嬷起早排队，买来便宜货，送到我家。她看你外婆工作忙，居民会工作繁重，总是抢着帮忙干家里的事。汤家姆妈也相当好，常把华侨券中的粮票、油票等偷偷塞给你外婆。”

虽然这些老人都已离世，但对于她们的无私帮助，庄家人永远铭记在心。

我大伯伯①所在单位宁波军分区的关照，也让外婆很感动。每年年底，部队杀猪，年货自然是每人一份，但是剩下的猪下水比如猪头、猪尾巴之类，领导关照司务长给老张同志留着，因为知道老张丈母娘家人多、吃口大，其他同事也都没有异议。

那个年代很流行穿军装，三舅那些年穿的旧军装，也是有故事的。三舅讲：“老早子年底，姐夫部队有规定，允许以旧换新。姐夫就把穿破的军装交上去，他换下的还比较新，我就可以穿得很神气。”可以说，庄家能够度过艰苦的三年，外婆大女婿老张同志的功劳不小。

虽然那个时候，吃了上顿想着下顿，但是庄家人凭着不怕苦不怕累的精神，得益于好人相助、单位支援，也就这样一天一天熬过来了。

---

① 大伯伯：大嬷嬷的丈夫，外婆的大女婿，外婆尊称他为老张同志。

1960年，被外婆称“大妹”的瑞雪，也就是我的母亲16岁了，先到慈城火车站当了一段时间的卫生防疫员，每个月挣18元；后来又到鄞州横溪背木头，早上3点就起床，干了2个月。第一个月挣来的45元刚好给在杭州师范学院体育系上学的大哥交了运动服费。后来，我母亲写信征求她二哥的意见，放弃了纺织厂“野麦岭”与华侨饭店服务员“青春饭”的工作，选择到日用五金厂工作。

1964年，大舅、二舅大学毕业了，大舅被分配到浙江省社教工作队，二舅被分配到北京华北电力设计院。两位舅舅工作后，深知家里的艰难，发了工资后，除了留出自己的一点点生活费用，剩下的全部寄去给外婆以改善家里的生活。“读书阿姐”大阿姨、“小妹”小阿姨上少年体校三年后算初中毕业，都在洪塘支农。

外婆舒了一口气，相信自己快熬出头了。可是想不到，期盼的好日子来了还不到一年，“文化大革命”就开始了。

云淡风如磨，澄湖皱素罗。光明开世界，空阔渺烟波。
远树露灯火，扁舟发棹歌。只缘归路近，不问夜如何。

——清　徐时楷《湖上步月》

第九章　遭罪

最艰难时段

“文革”期间，外婆工作的权利被剥夺，工资没有了，全家吃什么？生活来源没有保障，大家庭再度陷入入不敷出的困难境地。

“文革”期间，外婆也被贴了一张大字报，其上罗列了莫须有的十大罪状，造反派来月岛抄家，翻箱倒柜，连卖旧家具得来的准备去上海给大嬷嬷看病的 70 元钱也被扣留了。庄家人都知道背后是“魏大眼”在捣鬼，可是后来，我的外婆讲：“过去的事情就让它过去吧，不要记仇。一个有私心杂念的人，是小人。君子不记小人仇。实际上，她也是另一角度的受害者。”朴素善良的外婆，道出了生活中的辩证法。

26 救命钱被扣留

屋漏偏逢连夜雨。初中毕业的大嬷嬷本来担任农村合作社的总会计，后来因为军属关系上调，承担街道内勤工作，文笔很好的她，由于老老实实地填写了“资方代理人”的出身，被强行调到纱带厂工作。习惯握笔的她参加车间劳动时，突发腰椎间盘突出，硬撑着回了家，一躺在床上就起不来了。

外婆想到了上海的亲眷，准备让她到上海求医，叫上三舅陪同，却只因一件事犯难：费用从哪里来？外婆一咬牙，决定继续变卖家中还值点钱的物件，这次她找出了古董旧床和白坯被柜。当时，外婆请来换旧货的张师傅，估价 70 元钱，讲好钞票第二天来付，东西马上让他用车运走了。

结果，第二天张师傅来讲：“70 元钱被‘魏大眼’冻结了，这是她给的一张收据。”这张收据是历史的见证，三舅一直保留着。

这急需的看病钱，怎么可以被冻结？三舅起身赶去街道理论，外婆也紧紧跟在他身后。她一是想知道这究竟是为什么；二是怕后生年轻气盛、感情用事要动粗。

一进街道的门，就碰到“魏大眼”，她也知道这个怒气冲冲的小伙子“来者不善”，何况后面还跟着外婆。

“魏大眼”反应很快，想给三舅一个下马威，恶狠狠地指着外婆他们说：“你，你们，不许进去！”非常时期，外婆知道不能硬来，只好止步，站在门外。可以想象，这种当面给难堪对外婆的伤害有多大。

初生牛犊不怕虎。三舅一人气冲冲地闯入街道办公室，大声喝道：“是谁冻结我家人治病的钱，站出来！”接着，他把卖旧货、买船票、要陪大姐去上海求医的经过，条理清楚地对办公室的人说了一遍。这时，办公室门口已站了许多围观的人。

多数人都用同情的目光注视着这个后生。原来街道领导都“靠边站”了，主政的是新来的书记，他在一旁默不吭声。

一看领导没说什么，“魏大眼”更加得意，她说：“这不是我的主意，是上级军管会的决定。”

“那好，我去找军管会。”横切萝卜，竖切葱①，三舅豁出去了，他急奔老地委的军管会，找到一位吴姓干部。吴干部皱着眉

① 横切萝卜，竖切葱：比喻做事干脆。

头，感到很奇怪，回答："阿拉根本不知道有此事，这是下面的事体。"

三舅又急急忙忙跑回街道。这时"魏大眼"知道谎言被戳穿了，她面红耳赤，不敢再说歪理了，只能答应把钱解冻。

其实，当三舅第一次离开街道时，人们就纷纷议论：这个看病钱来源合理，又是急用，克扣是没有道理的。

1968年9月10日，三舅陪大嬷嬷去上海求医，买的是工农兵19号轮船票。票据他们还留存着，大嬷嬷躺的床位是4.70元，三舅睡的通铺是3.60元。那时，我母亲已经怀了我。

经过医生的诊治和一个多月的疗养，大嬷嬷病情好转返甬。

"文革"结束后，有好心人向外婆传来消息："魏大眼"被调出街道了……"魏大眼"离婚了……"魏大眼"生病了……外婆并没有因"仇人"的落魄而高兴，提及过去，她总是淡淡地说一句："都过去了。"

在艰难困苦时，外婆只会说"人在做，天在看"。她从来没有说过"天网恢恢，疏而不漏""以其人之道，还治其人之身"之类的话。她只会朴素地说："学会宽恕别人。"《王阳明全集（下）：铭一首》中有言："终身可行唯一恕。"知行合一的外婆一辈子践行、推行的就是"宽恕别人"。

27 长瘤老人

"糖炒栗子，难过日子。"在那段特殊的日子里，稀奇古怪的事不断发生着，一个长瘤老人也出场了。

一日，年轻的四舅瑞丰在明堂灶间烧饭，一边烧火，一边哼着：“洪湖水呀，浪打浪。”

隔壁老王（我尊称为王家阿爷）那时在“造反派工联总部”烧饭，路过灶间前，很严肃地对十多岁的四舅讲：“黄色歌曲不要唱了，我已听到第三次了，再唱就不客气了！”意思说要向上级告发。那时，他长在腮边的瘤子还只有黄豆那么大。

“居然连唱歌的权利也没有了吗？”四舅永远记得这桩让人愤愤不平的事情。心理学认为，除了语言文字记忆外，人的记忆还包括情境记忆与情绪记忆，四舅讲：“当面呒没接口令，背后忖忖气煞人。①”

南方夏季是台风季节，外婆家朝西的围墙是瓦片墙，台风一吹就倒塌了，风雨一来便刮到屋里去了。家里自然是请不起泥匠工的，只能自己动手，大家想办法把倒塌的碎瓦片重新堆起来。由于家里没有懂工的，加上都是碎瓦片，进度缓慢。

第二天，隔壁老王又出闲话了：“现在搞卫生大扫除，要把堆在地上的碎瓦片处理掉！”他这么说是存心找麻烦，真让人“呒告话头，眼泪鼻头②”。

一个心胸狭隘的人，在别人落难的时候，就会出现一种心理反常乃至变态的举动，希望别人继续出丑。无奈的外婆“牙齿打落肚子里咽”，只能默默忍受。她还规劝家里的孩子们：“可以当他耳边风，一只耳朵进，一只耳朵出，不理他！”

时光飞速转到 1998 年，月湖街区整体拆迁，这个隔壁邻居

---

① 当面呒没接口令，背后忖忖气煞人：当时不知道如何回答，后来想到就很气愤。忖忖：想想。

② 呒告话头，眼泪鼻头：比喻无话可说，很难过。

老王家一时找不到合适的房源，烦煞死类①。宁波人说“蟹有蟹路，虾有虾路”，而老王居然走投无路，急得像热锅上的蚂蚁。小阿姨说，这个时候他脸上的瘤子已经像乒乓球那么大了。真的像电视连续剧《济公》里面一样，长瘤老人一使坏，济公就让他的瘤子变大了。

外婆得知此事，不计前嫌，帮助他找到白云小区的房源，后来长瘤老人自己尴尬地嘿嘿笑着讲：“总归介多日脚的邻居了，大人不计小人过噢。”

一笑泯恩仇，没有受过正规教育的外婆，是“宰相肚里能撑船”，她是晚辈们永远的榜样。《王阳明全集（上）：传习录》上有“此心真切，见善即迁，有过即改，方是真切功夫”。不管如何，隔壁老王这回真诚恳切，见善会向往，有错会改正，多少有我外婆的功劳。当然，外婆的以德报怨，才是最真真切切的功夫。

28 辫子重要还是肚子重要

“文革”期间，已届中年的外婆无缘无故被剥夺了工作的权利，可是一大家子要生活，还要供养小舅瑞芝读书，总得寻找生活的出路。讲起庄家人当年干过的那些活，阿姨、舅舅们至今记得一清二楚。

比如编织尼龙丝袋。外婆带领大家，把一捆捆尼龙绳解开、拉长、上梭子、打环、热烫。虽然只有几分钱一只，但是全家人

① 烦煞死类：意思是“烦死了”。

动手，起早摸黑，“吃饭吞，走路奔①”，一个月下来，哪怕只有十几元钱，也是好的，能够勉强维持生计。

比如敲钢丝。外婆带领大家，用手拉车拉来弯弯曲曲的粗钢丝，往地上一倒乱蓬蓬的一大堆，大家就在家用铁榔头把它们敲直，扎成一捆捆的，也是几分钱一斤。

比如钉扣子。外婆拿来衬衣让小阿姨与我母亲她们上扣子，一件衬衫有时候只有一颗扣子，成品 5 分钱一件。“比较下来，这个挺挣钱的嘛！”我评价。“是呀，问题是这样的活儿不是每天有的。”母亲叹了口气说。

比如扫树叶、刮调羹、编草帽、织围巾等，都是发动家里人一起做。费了好大劲我才搞清楚什么叫“刮调羹”。我母亲在铝制品厂工作过，过去的调羹是铝制的，冲床模子批量生产，边沿刀口很毛糙，所以需要用钢锯条手工打磨光滑。打磨一个调羹要两三分钟，打磨好的 100 只一捆，5 角钱。

我听到他们讲起的比较有趣的是关于螺蛳与辫子的故事。

> 俗话说：“靠山吃山，靠水吃水。”在水边长大的庄家男孩摸螺蛳（宁波人喜欢反过来叫“蛳螺”）都是一把好手，主要方法有三种。一种是“直截了当法”：在月湖边，在河埠头旁，直接用手在水浅的地方摸。一种是“深水打捞法”：如果要摸深水处的蛳螺，就复杂一点，首先要自制工具，一般是用一根长长的杆子加椭圆形网兜，从下往上慢慢地把吸咐在河边的蛳螺钩到网兜里。这个得视力好。另外一种叫

---

① 吃饭吞，走路奔：吃饭来不及细嚼慢咽，直接吞进去；走路不是慢慢地，而是跑步，形容很忙碌。

“守株待兔法”：将芭蕉树叶和塑料布缝起来，放置1小时以上，蛳螺就会移过来；如果放些饵料在芭蕉叶上，蛳螺会以更快的速度移过来。

这些蛳螺捞上来后经过烹饪，就会变成一道名菜——“月湖之吻”。一般，大家都舍不得自己吃，照云会让家里的男孩去摆摊，新鲜的蛳螺可以卖2分钱一斤。

那一日，瑞芝与瑞丰又去市场边摆摊卖蛳螺。远远看见二姐瑞雪与同事几人走过来，两人赶紧溜进了旁边的理发店。在一旁卖鲫鱼的人就奇怪了，怎么一下子不见了两个小哥的身影，只剩下蛳螺在原地悠闲地吐着泡泡。等二姐她们走远了，两个男孩才现身。其实他们怪难为情的。

当然，这种做法现在看来也是不对的，月湖景区明令禁止钓鱼、摸螺蛳等行为，景区管理处的人也时常在湖边巡逻。

第二个故事涉及我母亲的辫子。

庄家二囡瑞雪年轻时美人一个，养着一条齐腰的长辫子。终于有一天年轻的瑞雪因工作关系嫌辫子麻烦，下决心剪掉了长辫子。不过，她很稀罕地用纸包着留个念想，小心地珍藏在大橱柜的抽屉里。

瑞雰和瑞泰翻东西时，无意之中发现了二姐的辫子。他们拿去废旧品商店换了2.8元钱和一张香烟票，在那时这可是一笔“巨款”，够吃一个礼拜的饭菜呢。一张香烟票居然又卖了2角钱。

虽然卖了这么多钱，但是瑞泰还是有些担心，他对瑞雰讲："要给二姐晓得了，犯关了①。"瑞雰一脸肯定地讲："二姐才不会呢，辫子重要还是肚子重要？没菜吃，咋办呢？"

我母亲无数次讲起这根又粗又长又黑的辫子，不无得意，又有一点点心疼，一点点遗憾。"啥西，出门宁肯带根绳子，不要带个人②，不及外婆的辫子一根。"我儿子笑嘻嘻插进来："外婆哦，干吗不早点卖掉？还可以养起来，再卖钞票。"我母亲讲："从 10 岁开始养了 14 年呢，辫子咋介容易养呀。"

从此以后，我母亲就没空养辫子了，她自己不养，也没有让我养。我从小就习惯了剪短发，每次都是她亲自"操刀"，干净利落，不用去理发店排队，也不浪费钞票。另外她还要旁敲侧击，讲外婆的金句：**"小人一旦要好看，就勿会读书了。"**

长辫子的母亲去上海玩的时候，众人看着这个长辫子姑娘，都说她是个演员。矮个子的父亲，那时拼命追求她，要跟她处对象。我母亲那时有众多追求者，才不稀罕他呢，觉得他虽然五官很端正，但是只有 169 厘米的个头。于是，我母亲从宁波逃到上海——其实是外婆让她去上海，说是陪舅舅看病。那时我母亲担心瑞丰舅舅的身体，就去了上海，那一年是 1967 年。

其实，我的爷爷就在上海工作，与天一阁范家后裔我的奶奶一起住在上海"鸽子笼"一样的屋里。外婆透消息给介绍人，年轻的父亲得到介绍人的通风报信后就"潜伏"在上海，从"鸽子笼"里一下子钻出来，最终追求到了我母亲。

---

① 犯关：很糟糕，很麻烦。

② 出门宁肯带根绳子，不要带个人：意思是"一根绳子还可以派上用场，一个人有时候会带来更多的麻烦"。

那时，大舅、二舅已经工作，他们也到了男大当婚的年龄。这么高大、帅气的两人，想必是众多女生心目中的“男神”、心仪的对象，可是，他们都没心思谈恋爱，更多想到的是外婆，想到的是一大家子的生活。二舅的工作单位在北京鼓楼旁，北京的名胜古迹众多，他却连故宫、长城都没有去过，他不是没时间，而是舍不得花钱。

外婆一家人就这么勤劳地熬着艰难的日子。

29 还能行善积德

当年的先进典型人物，一夜之间，变成了走资本主义道路的当权派。外婆忍着内心的痛苦，反问自己：“难道过去做的一切都错了吗？”在那段艰难的岁月里，有很多人想不开。但外婆没有趴下，更不会躺平，她还有一大家子要养。而且她也坚信，黑暗过去是黎明，严冬过后是春天。

外婆在“文革”期间遭受的不公待遇，致使庄家举步维艰，外婆更是要忍受常人难以忍受的痛苦。然而，就是在这样的岁月中，泥菩萨过河自身难保的外婆，还总想着帮助别人、安慰别人、温暖别人。

家住柳汀街的张家阿婆眼睛高度近视，她可不管什么“走资派”，一次次来向照云倾诉，她讲：“忖忖好像诸葛亮，做做事体三勿像。我也真真无处可求，只得来找您，给我女儿开导开导。”她女儿曾经是宁波师专的领导，先被靠边站，后又被批斗，宅在家闷声不响、愁眉苦脸，吃不下饭，睡不好觉，“头夜忖忖千条路，天亮还是摸老路”，一天到晚杵在那里。

照云笑笑自嘲讲:“我,一个没上过学的大老粗,要去做一个大学校领导的思想工作,开导她,是不是开玩笑呢?”她多次推辞,不过,听张家阿婆说她女儿看见自己进去就放下手里的剪刀,怪让人担心的。最后,照云还是答应上门去劝说,而且去了很多次。也许是精诚所至,金石为开。过了几天,张家阿婆又过来讲:“好了好了,女儿开朗多了,吃饭、睡觉也正常了。”

照云知道,帮助他人,行善积德,有多种方式,在一个人被冤枉而无法辩解时,最需要的是安慰和理解,最需要的是有人说句公道话。这些何尝不是她自己的切身体会呢?估计照云拿自己现身说法,张家姑娘感同身受,彼此理解,相互治愈了。确实,在一个人遇到痛苦伤心事的时候,很需要有人去指点,去提醒,然后顿悟。

后来,外婆还讲了一个“文革”时期的故事:原街道派出所钱所长是“蒸笼头①”,经常一坐下就出汗。“文革”中,钱所长曾安排局长到自己老家天台避难,这在当时是一大罪状。钱所长病故后,无人敢料理他的后事,外婆得知后第一时间赶到。因为在外婆的心目中,钱所长是一个可亲可敬的领导。她不顾别人阻拦,自告奋勇料理钱所长的后事,让他干干净净、安安静静地离开,这在当时需要极大的勇气。

饱经风霜的外婆讲,人的一生不可能永远顺风顺水,在面对困难、挫折的时候,只有自己才能救自己,绝不能自暴自弃。善

---

① 蒸笼头:指头上很会出汗的人。蒸笼,比喻热气腾腾。

良、进取，不断自我修炼，才是改变命运的最佳方法。

撑过砸锅卖铁、遭遇不公的艰难日子，外婆还幽默风趣地对别人讲："不要看我穷，我有十家银行①。如今虽是背债，日后银行可回报。"

① 十家银行：指十个儿女。

寒飚出酿寒，梅开杳芳信。但见白漫漫，夹岸花成阵。

——清　张家骧《月湖十咏·雪汀》

第十章　霹雳

长子英年早逝

幼年丧父，中年丧夫，老年丧子，是人生三大不幸。这三大不幸的事都一一发生在外婆身上……

终于，外婆人生的拐点出现了，刘书记从海曙区公社调入湖西分社工作，他知道外婆曾经的各种荣誉、业绩是名副其实的，莫须有的罪状更是个别人捏造的，被剥夺工作权利是不应该的。何况庄家孩子多，外婆没有工作，苦难生活又雪上加霜。

30 重新上岗

深入基层的刘书记在外婆烧饭的时候坐在一旁的凳子上，一边拉风箱一边安慰外婆，劝说外婆。我母亲清楚地记得，刘书记亲自上门来为外婆平反。当时，在灶间烧饭的外婆感到这份情谊比什么都珍贵，大灶烧出的火苗，照亮了外婆苍老憔悴的脸，此时她仿佛看到了人生的曙光。

但是，谁能想到后来发生的事。

1972年2月22日，已年过半百的照云，重新以固定职工的身份回到工作岗位，工种是蒸馏水厂的操作工。一般女同志50岁应该到了可以退休的年龄，但她54岁重新走上工作岗位，这是组织对恢复其名誉的一种表示。

蒸馏水厂早班工作时间是凌晨4点到中午12点；晚班工作时间是中午12点到晚上8点。工作时间长不算，要命的是要将几十斤重的蒸馏水瓶从老虎灶①搬上搬下，有时还要把它们送到医院、工厂去。这份工作是极其繁重的，但照云从来不叫苦叫累，因为她已经挺起了腰杆，她的心情是愉快的。

20世纪80年代中期，三舅靠自己的努力成为一家公司的党委书记。过去陷害外婆的一个人，暂且称他为“老王”，却成了三舅公司直属基层支部书记。外婆常用金句“**怪人在肚里，相见又何妨**”教育三舅。外婆的这句话，我母亲也经常唠叨给她自己和我们听，也确实很管用。

有一次，老王从货车的车厢跳下时，脚后跟直接落地，落下了神经系统的后遗症。三舅不计前嫌，多次上门去看望，给他温暖，直到他生命的最后时刻。

三舅牢记外婆的关照“过去的事情就让它过去吧!”其实，老王当时也刚来不久，听了谋划者“魏大眼”的一面之词。在他即将离开街道的工作单位时，也曾对其他同志讲过：“老赵是无辜的，工作要给她安排的。”这些消息是后来传到外婆耳朵里的，也算是他良心发现吧。

无巧不成书。1983年机构改革，地市合并，国有企业机构合并后，开始全面整顿企业的规章制度，三舅以局检查组的名义对市属的开明街饮食服务公司开展进组检查。公司的大门口拉起“热烈欢迎局检查组对我公司的检查指导”的横幅。负责前台接待的正好是“魏大眼”，她一看带队的是三舅，就是一副尴尬的表情。

---

① 老虎灶：烧茶水的地灶。

所谓“风水轮流转”，看到当年自己修整对象的儿子年纪轻轻就成了检查组组长，“魏大眼”更感到不好意思，强装笑容。三舅牢记外婆的话：“君子不记小人之仇，人品如何肚明心知。”《王阳明全集（中）：象祠记》有云：“而君子之修德，及其至也，虽若象之不仁，而犹可以化之也。”意思是君子修养自己的品德，等达到一定的程度，即便非善类，最终也可以被感化，而成为一个具有仁德的人。

1964 年，庄家长子瑞华从杭州师范学院本科毕业，先被分配到浙江省社教工作队，在余姚四明山屏风山公社做社教工作，和老乡同吃同住同劳动。当时担任社教组组长的是沈书记，后来沈书记调任中共宁波市地委副书记、浙江省宁波专员公署专员。

瑞华寄住在一户贫农家中，男主人面黄肌瘦，还患有肝炎。每月瑞华会交给他家伙食及各项费用，对一个山区农民而言，是一笔可观的收入。

瑞华的主要工作就是算工分与账目、理仓库与财物。社教运动结束后，会重新分配工作，他可以回宁波，也可以进当地体委机关。想当年，本科大学生凤毛麟角，是保证分配的国家干部。但是，社教工作期间，瑞华看到了农村的贫苦，看到了农村教育一无校舍，二无教师的状况。经历一年多的社教生活后，他深感改变农村的贫穷落后是有知识的青年义不容辞的职责，农村需要更好的教育条件，更需要优秀的师资。

社教工作结束后，瑞华自愿留在彭桥中学当教师，既当班主任，又兼任数学、外语和体育教师，这反映了农村缺少师资的实况。他应该很享受支教的生活，喜欢农村孩子的淳朴、天真，能感受到村民对老师的敬重。

可惜天有不测风云，人有旦夕祸福。

1972 年，到了吃杨梅的季节，三舅清楚地记得：“5 月 19 日大哥来信，叫我去他学校，说有东西带回。”第二天，刚好有邻居驾货车去杭州，三舅就搭便车到了樟村，然后步行一个多小时才到大舅所在的彭桥中学。

大舅一见三舅就讲：“我要回家去疗养了，要把行李书箱都带回家。”

三舅不解地问：“没听说你生病了啊？”

大舅说：“有一段时间了，上体育课时，我总感到人有点吃力，没一会儿就大汗淋漓。几天前，我到余姚医院去体检，医生对我讲，‘你肝脏有毛病了，不能再继续工作了，必须马上回去休养治疗’。”

大舅还拍拍自己的胸脯讲：“阿弟，别担心，我不是蛮好的吗？”确实，英俊的大舅身高一米八，平时爱好篮球、排球，上学时是班里的体育骨干。在大学里，他学习了许多专项体育保健知识，却对自己的身体关注不够，可能是太自信了。

下午，消息灵通的老师和学生知道庄老师要回宁波休养，送来了许多土特产。

第二天，天还未亮，大舅就推醒三舅动身出发了。为了不惊动更多的老师和学生，兄弟两人悄悄地走出了学校。大舅应该没想到，这一别就是永别。

那天还下着绵绵的细雨，兄弟两人一前一后抬着沉重的行李和土特产，先到了横河码头，然后坐船到余姚火车站，船票是每人 0.30 元，余姚站到宁波站火车票每人 0.80 元，三舅对这些都记得一清二楚。

回家后，不到一星期，大舅就开始发低热，大家以为是他这次回家旅途劳顿，累着了。后来，陪他去宁波市第一医院检查，医生的诊断是“得了肝炎后，长期没有休养理疗，造成肝硬化，现在已经是晚期了”。庄家没有肝炎家族史，应该是做社教工作时，与肝病患者同吃同住被传染了，他以为自己体质好、无临床表现，就大意了。

于是，家里马上把他转到宁波地区医院（在溪口武林中学附近）接受治疗。那位年长的主任医师用心诊断，耐心解答，中医、西药联合施疗，但病情没有任何好转。

31 设法医疗

54 岁的外婆因刚刚重返工作岗位，不能经常请假，但是她每星期日必去溪口探望，带去大舅喜欢吃的饭菜。外婆还强颜欢笑，安慰大儿子说：“你要吃好睡好，不要担心家中的事务。庄俊三岁了，很乖的，一心好好养身体吧。”但她内心一定十分煎熬，所谓“伤在儿身，痛在娘心”，看着儿子这么难受，当娘的怎么能好过。

当时，治疗肝病的药物 ATP 片、辅酶 A、细胞色素丙等在宁波地区医院都断货了，外婆就请求上海、北京的亲戚朋友援助。上海第一医药公司陈会计从上海给外婆弄来好几盒药。外婆还让大嬷嬷给北京的兆祥舅舅写求援信。即便如此，几个月下来，大舅的病情仍未好转，主治大夫无奈地对外婆讲：“这里医疗条件有限，阿拉也尽力了，还是转上海医院治疗吧。”

公费医疗只能一级转一级，市到地区、到省、再到省外，要转上海医院，一定要通过省级医院。外婆听说二嫂的姨丈在省革委会政工组工作，就派三舅直奔杭州市姨丈家。其实姨丈当时也因长期工作劳累，患上了肝炎。不过第二天，大舅的转院手续就办妥了。

为了尽快转院，外婆提早请好了假。1973 年 1 月 1 日，救护车直接把她与大舅、三舅从溪口的医院送到宁波轮船码头。当时去上海的船票是 12.10 元，外婆直接买了去上海的船票，心里想着越快越好，而且大舅也经不起折腾了，就没让大舅回家转一转。这后来成为外婆终生的遗憾，可是谁又能预料到天妒英才呢？

到了上海，首诊是在上海龙华医院中医部，接诊的是一位戴眼镜瘦骨脸的中年医生。他阅读了地区医院病历，查看了大舅的身体情况，开口说了一句也许是事实，但是特别不能让人接受的话：“这病根本不要转上海来看，回家养养，到了医院也是前门进，后门出。”

三舅觉得这医生没有人情味，但怒不敢言，泪眼婆娑的外婆还是苦苦地恳求医生。极笔细①医生耐不过外婆的恳求，就开了几味中药给大舅调理。

其实，当时大舅的病况是肝硬化后已经产生了腹水，肚胀如鼓。外婆不死心，到处奔波求助，1 月 25 日成功将大舅转到上海第一人民医院住院治疗。

---

① 极笔细：指又瘦又高的人。

1973年2月3日正月初一，大舅首次肝昏迷，初四又是肝昏迷。由于腹水越涨越高，浑身疼痛无法忍受，大舅恳求医生给他腹部开一刀，让气、脓、水一并流出。大舅牙齿紧紧地咬着嘴唇，嘴唇咬出了血，他承受着病魔的折磨，直到生命的最后一刻。

那日凌晨5点，医生围着大舅抢救、用药，但是已经无力回天。5点30分左右，外婆眼睁睁地看着大舅慢慢地闭上了眼睛。病魔夺去了他三十五岁年轻的生命。外婆已经几个星期没有好好合过眼，最终还是逃不过白发人送黑发人，忽觉天旋地转，随即不省人事。

庄家再一次天塌地陷，外婆沉痛与子永别，从此阴阳两隔。

次日上午10点，在上海西宝兴路殡仪馆第十厅，三舅主持了大舅的遗体告别仪式，到场的除了其妻子、妻母、儿子小俊，大伯伯、大嬷嬷外，还有上海的大小外婆、小外公、应德卿父母、善祥舅舅、国忠舅舅、慧莉阿姨、同辉、小帆，余姚文教局的陆代表、黄老师及大舅在上海复旦读书的学生。

32 写过救援信

以下信件，即当年为就医，外婆让大嬷嬷瑞霞写给北京舅舅的一封求援信，当时他在清华大学就职。

兆祥弟：

您好！

很久没有写信给您，主要是家事太多，阿拉又懒于握笔写信，只在给上海大人写信时，问上几句，请多多原谅！

近日，上海很热闹，国忠、忠祥弟均在上海探亲，也都等待着国瑛妹的好消息！上次大人来信说，国瑛妹分配工矿已公布，估计近日将有好消息。

弟在京，一切可好？工作一定很忙，现在天气渐冷，希望您注意冷热和饮食。

阿拉甬地诸亲都好，小舅舅经常到月岛的家中来，他已被安排进石碶公社胶丸厂任机修工，每月工资增加到36元，并照顾双胞胎。阿二也已参加钢厂工作，每月工资16元。这样每月收入固定，确实好了许多。二舅父大人已于上个月退休了，今在家养养外孙囡，欢度晚年，二舅母还未退休。他们身体也很好。大舅母大人身体也很好，月岛来得很勤，有时来住上好几天，过几天准备再来月岛家住。

嬷嬷现在到镇明蒸馏水厂工作，每逢星期日休息，身体也好。老张每天上班，仍在“支左”，身体也基本好转，只是血压稍微低些，上压80、下压65，有时头晕。医生说多食糖、食盐。瑞雯仍在洪塘劳动，身体也好。

另外，就是要麻烦您一件事，瑞华弟于今年6月份回家休养，患了肝硬化，先在宁波第一医院中西医治疗，由于门诊治疗，所以效果不好，现已有腹水，故设法转到宁波地区医院（奉化溪口疗养院），据说它过去是高级干部疗养院，各方面条件尚可。由于肝硬化，不宜过分疲劳，所以没有到上海治疗，另外上海住院手续也很难办。现在看看溪口疗养院情况还好，所以决心继续积极治疗。10月上旬去的，已将近一个月，老张去了两次，医生对老张说：“这个病最好打以下几枚针，但这药医院库存不多，只在最危急的时候抢救用，你们最好自己去想办法。”后来医生打给阿拉“重病外配”药方。阿拉已各处设法，上海大人处的信也去了。吉祥已来长途电话，说此药确定很难买，上海南京路最大的医药公司都不卖此药，其他地方也弄不到。最后通过同学的关系，从华东高干医院拿到几枚，数量较少，慢慢再想办法。阿拉今天写信给您，希望弟想想看有没有办法，没有的话，千万不要麻烦，因为此药确实难办。

药名：ATP　　　　20 单位

　　　辅酶 A　　　50 mg × 30 支（作为一个疗程）

　　　肌苷酸钠　　200 mg

　　　细胞色素丙　2 mL　　15 mg

另外，据打听，ATP 以 20 为单位的针是北京啤酒厂和首都啤酒厂生产出来的，北京医药站均有。如果有的话，数量没有要求，几支都可以，发票可开庄瑞华就行。阿拉有“重病外配”处方，必要时也可寄上。总之，各方面设法，故写信麻烦您了。余言下次再谈。

祝您

身体健康！

姊瑞霞

1972 年 11 月 8 日上午

大舅在上海治疗期间，上海外婆、上海舅舅等表亲也是各种操心、奔波，外婆深深感激，永远记在心中。

确实，上海的大外婆、小外婆和舅舅阿姨们，都对我们宁波亲眷很好，我也曾经去蹭吃蹭住。印象最深的是我考上大学后，外婆带我去上海的那一次，吉祥舅舅陪我去买了一台录音机，舅妈陪我买了上海皮鞋。那个录音机陪伴了我大学四年最美好的时光。

而外婆喜欢在上海逛街扫货，购买打折处理下来的便宜货，带回家分发给众人。外婆会取笑我，晓虹最不会逛马路了，走了“一些些路”（上海人讲的一站路，我觉得宁波公交站应该起码是3站），腿已经迈不开了。外婆看我走不动的样子，马上给我买棒冰吃，舔着透心凉甜滋滋的棒冰，我就又能开步了。

多年以后，对于大舅的英年早逝，外婆慢慢放下了，她用宁波话讲：“人是数好了，就是命定的。”

烟霁多疑九峰晓，波平全胜六鳌浮，仙风坐隔红尘路，消得丹青诧此州。

——宋　舒亶《秋宴十洲阁》

春来打桨月湖西，红满汀洲绿满堤。

——清　张本《月湖春望》

第十一章　血肉情

阿拉雷锋之家

敬老爱幼是中华民族之美德，外婆时时处处敬老爱幼，给子孙辈打了个样。

小阿姨瑞雰服侍外婆的时间比较长，一直尽心尽力，她晓得的事体也比较多，她讲：“你外婆对别人极其好。每年学雷锋日搞活动，按道理既然是居民会组织的活动，就应该居民会出钞票，请参加活动的人吃中饭。结果呢，你外婆自己掏腰包买了菜，叫阿拉烧好，然后亲自送去请学雷锋的同志吃，说是让阿拉也一起学雷锋。”

33 服侍婆婆

小阿姨眨着她的大眼睛讲：“柴桥亲戚大外甥女，你外婆一直让她住在阿拉家，这个也不稀奇，稀奇的是还让她老公住家里，直到他们分别过世。还有一远亲大姨丈，你外婆念其孤苦，一直让他免费吃住在阿拉家，九十五岁才过世。房子就介些大，阿拉一家只好全部挤在一起。你外婆自己也学雷锋，阿拉也学雷锋，阿拉是雷锋之家。”

外公的母亲、外婆的婆婆（我叫太婆），是个小脚婆婆，长期受封建伦理思想的熏陶，崇尚男尊女卑，重男轻女，唯独对外婆例外，不仅没有看不起，而且经常讲：“这事体问问照云看看。”人心都是肉长的，由于外婆对太婆足够尊重，加上自己相夫教子确实有些能耐，所以才能让太婆另眼相看。外婆深知太婆的苦难出身，对婆婆可以说是百依百顺，晚年的太婆更是衣来伸手、饭来张口，被外婆伺候得好好的。

太婆喜欢吃面食，特别好吃黄鱼头面，于是我母亲、舅舅们经常一早就被外婆派到罐头食品厂去排队，当时买“下脚”便宜货黄鱼头才 5 分钱一斤。现在想来，老太太真的很会养生，鱼头里面有“脑黄金、脑白金”呢，更何况那还是海里的野生黄鱼呢。一个黄鱼头比成人拳头还大，一斤多重，无论熬粥还是烧面，味道老鲜老鲜了。

每年夏天，外婆还给太婆的脚趾包“满堂红”。“满堂红”花色有两种——白色与红色。除了美观外，它还有药用功效，这也是每年七八月我母亲会用“满堂红”染指甲的原因。外婆讲，将白色的凤仙花捣烂后外敷，能够治疗灰指甲；如果加醋，能治疗脚气、肿痛。因为凤仙花具有祛风、活血、消肿和止痛的功用。

元代诗人杨维桢在《染甲》中写道：“夜捣守宫金凤蕊，十尖尽换红鸦觜。”金凤蕊就是过去年代盛行一时用来染指甲的“满堂红”，另一个学名叫“凤仙花”。外婆在明堂里种植了凤仙花，每年自行生长，很好养。宋代的杨万里赋诗赞美：“细看金凤小花丛，费尽司花染作工。雪色白边袍色紫，更饶深浅四般红。”

不同于现在的美甲涂抹方法，包“满堂红”的方法简单易行、立竿见影。老底子宁波人采摘“满堂红”后，将其捣碾成花泥，把糊状的花泥薄薄地敷在手指和脚趾甲上，然后包起来。用塑料纸包虽比较闷气，但不容易掉，外婆大多用时令的丝瓜或毛豆叶子给自己的小脚婆婆裹上，再缠上棉线包两三天。一般上班的人第二天就掉了，晚上要接着包。小时候我也常凑热闹，翘着兰花指包两个小拇指。

美的标准在每个时代各有不同，但是人们对美的追求，爱美之心跨越民族、地域与时代。

太婆晚年卧床不起，外婆每天给她擦身洗脚，将茶饭送到床前，喂到嘴里。太婆看到儿媳妇，不仅有一大群孩子要照顾，还要料理她，发自内心地说："照云，辛苦了。"在外婆最后的日子里，"瑞"字辈兄弟姐妹也像外婆当年照顾太婆那样，为外婆洗脚擦身，以表孝心。

1958年夏天，外婆为了孝敬太婆，特意买了最好的席子给太婆用。阿拉宁波人夏天最喜欢用的是西乡黄古林生产的白麻筋草席，滑爽光洁、凉而不冷，舒适耐用。黄古林是历史悠久的草席之乡，黄古林草席不仅在夏天里给人们带来凉爽和舒适，还有一段值得宁波人民自豪的历史。

南宋建炎四年（1130年），金兵大肆进犯，宋高宗赵构从河南一路逃奔到明州（宁波古称），又继续逃至海上，金兵也一路跟踪追击。这年腊月三十，金兀术手下的悍将，乘明州城内家家户户过年之机，率领四千铁骑气势汹汹地向望京门（今西门）杀奔而来。没想到临近高桥附近的景安铺驿站时，突然踏上一片片滑溜溜的草席，顿时人仰马翻。这时，战鼓擂响，宋军乘机奋勇出击，将滑倒落马的金兵杀得落花流水。

原来，镇守明州的浙东制置使张浚，得悉当地黄古林一带的百姓几乎家家户户都善织草席，心生一计，当即传令部下征集草席，铺设在金兵来犯的必经之路上，从而取得了这场著名的"高桥之战"的胜利，这也是南宋抗金史上的第一场胜仗。从此以后，明州席子也被称为"滑子"。

“十日三市黄古林，花席双草白麻筋”说的就是黄古林草席兴旺的集市交易和精细的工艺特点。黄古林，旧称黄公林，今鄞州区古林镇。古林镇为草席的主要产地，早时其地有广德湖，蔺草丛生，可编席子，唐代已有成批出产。每年逢农历三、七、十集市，同时也是草市和席市。秦汉之际有四位三朝儒学博士，因不满秦始皇“焚书坑儒”的暴行，隐居陕西的商山，被称为“商山四皓”。他们年皆八十有余，“须眉皓白，衣冠甚伟”，也称“四皓隐士”。传说，夏黄公后隐居黄古林，此处还有纪念他的庙。

我比较喜欢花席，以草为经线，一草到底，一正一反穿编，因草头青尾白，正反交织后有自然花纹；双草大幅席，两草正反合一经，席两边白中间青。我母亲随外婆，喜欢白麻筋，此为席中精品。草席多以黄麻筋作纬线编织，精品草席以白麻筋作纬线，此麻纺成筋线比黄麻细，且颜色白，编成席子也平滑。2020年，宁波黄古林蔺草—水稻轮作系统已入选第五批中国重要农业文化遗产名单，这也是至今宁波唯一入选的农业文化遗产。

太婆是睡着这个最好的席子寿终正寝的，无疾而终。外公外婆把太婆的后事办得很隆重，出殡那天，云才公公还放焰口表示：“阳康泰，阴超度。”太婆的坟墓在鄞江桥建岙山的山中。

大家庭的事已经足够操劳，亲属们的事可以说完全是分外事。外婆也不厌其烦，帮忙化解矛盾，她朴素地讲“血脉情深”，这是多难能可贵的一种精神呀。

34 妯娌姐妹

我母亲讲，外婆把妯娌关系处得和姐妹关系一般，还经常教育小辈，待人要换位思考，而且姿态要放低。她说：

每年正月初三，先给阿拉祖父做祭日，姆妈准备饭菜。然后，阿爸带最年长的4个孩子去亨六巷6号其老母亲处也是阿拉大大姆妈家拜年。大大姆妈用两个大灶烧火，有时候瑞兆烧火，他们用一灶锅烧菜，另外一灶锅烧饭，锅上再蒸菜，这样多层利用，跟姆妈的做法一样。

从大大姆妈家出来，就到布政巷小舅婆家去。小舅婆总是高兴地迎过来："我就知道新璋肯定会来的。"一般阿叔、阿姑马上拿来干果与水果给大家吃，阿拉屁股还没有坐热，就要到对面的大舅婆家去拜年。大舅婆还在灶间忙，一看见阿爸、姆妈和阿拉来了，马上起身，叫我们到里面坐坐。拜年话讲了几句，阿爸、姆妈送上礼物后，又开门到范家阿娘家，即阿拉祖母亲妹妹家去拜年。

后来阿爸过世了，姆妈就带着大哥、二哥、大姐和阿拉4人去大大姆妈家里，先给阿拉祖父做祭祀，最晚正月初三拜年。后来，阿拉祖父满了100岁之后，姆妈春节时依然会去看望妯娌，一般都是正月初五之前去拜年以示尊重，拼盘篮子起码要装七个菜。宁波人讲："荒年无六亲。"但是，姆妈拜年送祝福，是每年必做的功课。

那个年代宁波家庭招待客人的最高待遇，就是桂圆甩蛋①，每次都要让贵客吃的。

去大大姆妈家拜年的时候，老汪、长生阿姐会把热气腾腾的桂圆糖串蛋端过来，一定要让阿拉吃。这时，大大姆妈就会夸奖："老汪顶好了（其女婿、长生阿姐丈夫），老汪最关心我了，送饭、送茶，早晚两次热水瓶调换不会忘记，我也一点不会冷。饭菜都会端到我手上。两个盐水瓶每天几次换热水。"90多岁的老人家很节约，天冷喜欢用老式的盐水瓶，说是用习惯了。过几天，大大姆妈就叫老汪哥和长生阿姐回访阿拉屋里。

长生阿姐一直在湖西联合诊所发挥余热，你三舅和阿拉也去配过药，碰到的病人对长生阿姐评价很高，说她一是医术高明，对症下药；二是态度好，没有架子；三是耐心细致，每种药如何合理服用、不良后果等都会给病人详细解答。长生阿姐的名字，是继拜阿娘的尼姑师傅给取的。继拜阿娘曾经在尼姑庵烧过饭，尼姑师傅得知大大姆妈先前生的两个孩养不大，夭折了，于是就给她取了小名"长生"，我阿爸给其取大名叫瑞卿，后来大大阿姆又养大了二子二女。

解放初，长生阿姐每年夏天都会送一捆像甘蔗一样的"重明露水"给阿拉弟妹吃。阿姆总是要还礼，如一袋年糕等，自己口袋里要是有几元、十几元钱就塞给她，即使阿姐不肯要，阿姆也总是硬塞给她。阿姆总是这样尽自己的绵薄

---

① 桂圆甩蛋：桂圆与蛋一起烧的甜点，旧时宁波人招待客人的最高规格。甩，音"忽"。

之力帮助人，宁愿多给，也不亏欠别人一点点人情。

外婆的度量很大，她总说“要想好，大做小”。外婆有金句：“**兄弟团结打乾坤，妯娌团结家不分。**”她一贯以身作则，对亲友如此，对外人也是一样。

35 善待远亲

我母亲说外婆善待远亲的故事有很多，有一件事她印象很深，她说：

记得有好几次，天很冷，大大姆妈与盛家姆妈挑着没卖完的油菜来月岛阿拉家，有时候还剩一点点，有时候还剩半担甚至一担。有一次，外面下着倾盆大雨，尽管她俩头戴大竹帽，但是进门时，棉裤还是全被淋湿了。

姆妈赶紧叫我：“大妹，马上生火！大灶烧起来，让她们取取暖吧。”阿拉眼疾手快，一边答应着，一边就拿柴火烧起来了。

姆妈自己打开大锅盖，虽然大灶里的米饭早就没有了，但总归还有些锅巴，她拿过热水瓶，将开水倒到锅里。不一会儿，热气腾腾的两大碗锅巴泡饭就送到她们的手上了。姆妈还拿出了白腐乳和自己腌的大头菜，给她们当下饭菜。

盛家姆妈端着碗，吸了口气，感恩地讲：“饭好香！我根本吃不到这么香的大锅饭。”大大姆妈不善于表达，有些不好意思，红着脸说不出话，“阿拉老是来的……”，只是“的、的、的……”。

看她们吃饱了，姆妈就吩咐阿拉把两位姆妈的衣服烘烘干。盛家姆妈抢先讲了："油菜一担，阿拉卖掉了，一担还没卖掉，只好送到这里来。"

姆妈马上回答："萝卜熟，郎中哭；鱼生火，肉生痰，青菜萝卜保平安。油菜好呀，我可以开到菜单里的。钞票，拿着，还是亲兄弟明算账，莫客气。"

盛家姆妈吃饱了，接过姆妈递过来的钞票，更不好意思地说："我俩吃饱了，又拿钱，真真难为情。"姆妈边说边将钱放到她们的袋子里，一担的油菜经常算两担的价钱。

她们拿了姆妈递过的钱有些顾虑地说："这给你拿来的都是被挑剩的，质量太差了，实在是不好意思哦。"姆妈耐心地说："我会处理的，有些我会把它腌起来的，放心吧。以后要是卖不掉，不用担心，只管送过来，我也好省点力气到外面买了。"后面的这句话显然给了对方足够的尊重。

"挑篓夹担望远亲，要紧要慢靠近邻。"后来，她们基本上是隔一段时间就送一次卖剩的菜来，有阿拉善解人意的姆妈，盛家姆妈和大大姆妈就没有后顾之忧了。她们也真心感谢姆妈的恩情，一直铭记在心。姆妈的金句是"要想好，大做小"，"上半夜忖忖①自家，下半夜忖忖人家"。

我母亲嫁到徐家后，正好与盛家姆妈住在同一个墙门内，这段故事她经常听盛家姆妈念叨，说我外婆在过去艰难的日子里对她如何如何好，她永远也不会忘记。

---

① 忖忖：意思是"想想"。整句意思是与人相处要换位思考。

36 给姐夫养老送终

外婆的大姐夫（我母亲叫大姨丈）林阿新，木工师傅出身，由于外婆的大姐早逝，外婆就让大姐夫住在自己家。大姐夫妇育有独生女林杏菊，后来嫁到柴桥胡家，人生也很坎坷。林老先生曾经在市园林所做木工，一次在抽木头时不幸伤了一只眼珠子，只剩下一只眼睛可见。林老先生退休后，也曾到柴桥乡下老屋住了一段时间，但他总感到柴桥老宅太冷清，又回到外婆的月湖大家庭。

外婆吩咐我母亲给她大姨丈送午饭，一送就是三年。为了感谢庄家，他每月领工资的那一天，都会买一包透明的粽子糖，让我母亲分给全家人吃。一人一颗糖，甜蜜蜜的，大家非常开心，这糖在当时也是难得吃到的美食。给孩子们分完有多余的糖，他就让我母亲留着给晚下班的外婆吃。

林木匠退休三十多年，身体一直很硬朗，从不去单位报销医药费，引得单位怀疑此人在吃空饷。有一年临近过年时，单位派工会领导来慰问他，说是慰问，其实是来探虚实，看这么多年未报销一分钱医药费的人是否还健在。

林木匠退休后养成的习惯是每天吃好早饭，就去月湖周边散步、闲坐、跟人聊聊天。单位来人时，他刚好不在，是外婆接待的来客，谁知过了许久，林阿新还没出现。当然，来客也没有要回去的意思。

家里三五牌闹钟已经敲过了 11 点，吃中饭的时间到了，林木匠终于回家了，单位领导见耄耋老人还这么健康，夸奖外婆把他照顾得很好。外婆留客人一起吃午饭："下饭唔[1]没，饭能吃饱。"他们憨厚地笑了："饭不吃了，阿拉回去可以向领导汇报了，人还在，而且很健康。"

林老先生一直活到96岁，在其人生的最后阶段，虽然林杏菊也陪同照顾自己的父亲，但是送终的后事却是外婆一手操办的，坟墓砌在山下庄墓园的山头。

林杏菊的丈夫胡修海离世也很早，胡修海晚年因肝癌来外婆家疗养，最后走了，后事也是外婆一手操办的，坟墓一样做在山下庄。我还记得这个胡修海的样貌，和蔼可亲的样子。没想到，旧社会大家庭荒唐的故事就发生在他身上，外婆的这个大外甥女婿居然与自己的弟媳妇生育了三个孩子。

旧社会，"不孝有三，无后为大"，因为杏菊嬷嬷无法生育，所以整个事件的策划者是胡修海的姆妈。这个婆婆为了胡家的香火，派其小儿子去长沙工作，把大媳妇杏菊支到宁波月湖阿姨家，故意在兄弟俩房子之间留了个门。每逢小媳妇怀孕的时候，小儿子就会被叫回来住上一段时间，以瞒天过海。

就是不知道杏菊嬷嬷是否晓得此事，外婆肯定是知道的，当然也不会点破。不过杏菊嬷嬷心地善良，就算知道，估计也不会闹出什么动静。后来，她吃斋念佛，也很长寿。虽然有过一个养女，但是估计关系也很一般，所以才会一直长住在外婆家。她与外婆一起住在我母亲家时，还帮忙照顾过我刚出生的儿子。

生活永远比戏剧更精彩，以上故事是后来外婆为证明自己眼光独到而揭秘的。当然，也是基于故事的主人翁都已作古。

---

① 唔：又作"呒"，语气词。下饭唔没，意为"没菜"。

37 优待孤嫂

大舅公早年去世时，其独子赵华楠只有三岁。后来，华楠舅舅年纪轻轻就去上海当学徒，因工作出色转到军工单位，随单位搬迁到江苏、贵州，最后落脚到安徽合肥。

大舅婆住在外婆家很多年，年纪大了以后，眼睛基本看不见了，但耳朵十分灵光，记忆力也很好。大舅婆很疼爱孙子，外婆也想方设法让其孙子赵国亮在宁波读书。外婆说，老的、小的都要有人照顾。

我印象当中，大舅婆总是眯着眼睛，数着佛珠，端坐在客堂间门口或房子檐唇口①的椅子上。那个位置既能够看到大门里进进出出的人，又能听到里屋间人讲话的声音。我们走近点，她好像在念“阿弥陀佛”；我们离远点，她好像又没在念。

大舅婆说她能长寿，得益于自己的养生秘诀：口里常含口冷的白开水，清晨起来水里放几粒盐，温热了后慢慢咽下。

庄家“瑞”字辈十个孩子的生辰，大舅婆都能说得出来，她常常讲外婆当娘子②时的故事，说外婆年轻的时候如何灵活，如何吃苦耐劳。外婆一口一口喊“大嫂”“大嫂”，大舅婆一口一口喊“阿姑”“阿姑”，两人亲如姐妹。

后来，国亮哥离开了月湖，离开了奶奶，去与父母团聚。虽然外婆从未嫌弃阿嫂住在自己家里，但她看到了阿嫂的失落。为

---

① 檐唇口：指屋檐下。宁波传统建筑在正屋外留有一驳屋檐，供日常起居之用，如口之唇，称檐唇口。

② 娘子：指小姑娘。

了安慰没有被儿子接去同住的阿嫂，她说：“人都是要老的，家有一老，就有一宝。”她还经常在人前夸赞大舅婆，平常能帮忙看家，实在是有功劳的。后来，华楠舅舅在安徽安顿好了，有了住房条件后，就把大舅婆接到合肥同住了。

因为放心不下大嫂，不知道她与儿媳妇相处是否安好、是否习惯安徽合肥的生活，所以年过花甲的外婆两次发心①去合肥探望大舅婆。

在去的前一天，外婆就跟小阿姨一起去水产市场考察宁波的高档特产，比如咸黄鱼干、新风带鱼、鳗香、虾皮、海蜒、虾干，哪种性价比高，就买一点当礼物。去的当天，吩咐我母亲带去早上刚买来清蒸好的鲜白蟹。

我母亲讲，大舅婆最喜欢吃蟹糊，因为有宁波的味道。由于能够长久存放，她就舍不得吃，每次只拿出一调羹吃吃过过瘾。

姑嫂俩一见面就“大嫂”“阿姑”“阿姑”“大嫂”地叫着，真真开心煞，她们一起回忆宁波菜油炸“龙头烤②”之类如何烧法。“勿吃阿拉土特产，要侬放落毛竹筷。勿吃邱隘咸齑汤，脚骨有眼酸汪汪。勿吃周宿渡脆瓜，跌落三颗大门牙。勿吃楼茂记香干，生活做煞呒相干。勿吃奉化芋艿头，难闯三关六码头。勿吃老同源咸货，乖人要变老呆大。”

两人特别喜欢淘老古，也讲讲宁波的变化、宁波亲眷的情况，老古淘了 5 天后，外婆才离开去上海看望大外婆。

后来得知大舅婆 94 岁过世的消息，外婆又领着我母亲和小

---

① 发心：意思是“发愿动身子需要下定决心”。

② 龙头烤：一种宁波菜，把虾鳎（又叫龙头鱼）腌制后晒干再油炸，很下饭，又叫压饭榔头。

阿姨赶去合肥奔丧。

姑嫂往往是家庭中的一对矛盾体，外婆她们的姑嫂关系却如姐妹关系，主要是因为在艰苦的环境下，她们曾共患难、共甘苦，互相帮衬，所以亲情深如海。

《论语》中有“子夏问孝”。孔子曰：“色难。有事，弟子服其劳；有酒食，先生馔，曾是以为孝乎？”学者大多认为，孝顺父母经常保持和颜悦色最难，能好吃好穿地敬养于内，顺从地表现于外，才是真孝。所以，现在提倡的是“对待年老的长辈，要像对待领导一样”，不能“色难”。外婆对大舅婆从来都是和颜悦色的。外婆金句：“**家有一老就有一宝**。”外婆以身作则，也让晚辈这样对待自己的长辈。

38 款待外甥

上海人多有宁波的亲戚，反过来也是。据我观察，富裕的宁波人常选择去上海，比如我先生的爷爷，就是在上海的银行里工作的，他们夫妻在上海的结婚照非常洋气，以现代人的眼光来看，两人的着装，特别是奶奶当时穿的皮鞋在如今依然时尚。

闲话少说，言归正传。上海的善祥舅舅于20世纪50年代大学毕业后就响应党的号召，去新疆地质队工作，因为工作环境艰苦，经常与风沙打交道，加上营养不良，他的身体健康状况不佳。上海大外婆听闻此事，心疼儿子，不顾家人阻拦，孤身一人去了新疆，坐火车、转汽车、雇马车，执意要把舅舅接回上海。可怜天下父母心，父母是最爱孩子的人。当然大外婆作为一名小学老师，也是有勇有谋。

后来，因上海的住房实在挤，大外婆接受了外婆的建议，把善祥舅舅送到月湖疗养。

我母亲说，外婆待上海外甥比亲生儿子还要好，一日三餐，总把最好的、最有营养的菜放在善祥舅舅面前，夹给他吃。还破天荒为他订了牛奶，当时牛奶是一般人家订不起也订不到的东西。

上海舅舅最喜欢的菜是比较经典的宁波菜，比如乌贼鲞（明府鲞）烤肉、乌狼鲞烤肉、黄鱼鲞烤肉等。

濒临东海的宁波，地理位置优越，水陆交通方便，中心是三江口，西边有广德湖，东边有东钱湖；再往东，就是横无际涯的东海。所以，阿拉宁波人餐桌上的湖鲜、海鲜都很丰盛，江里活鲜比如江白虾、鲫鱼，味道也很鲜美。陆云在《答车茂安书》中说："若乃断遏海浦，隔截曲隈，随潮进退，采蚌捕鱼，……真东海之俊味，肴膳之至妙也。及其蚌蛤之属，目所希见，耳所不闻，品类数百，难可尽言也。"陆云还提到，宁波人烹制海鲜的四种方法：鲙、炙、烝、臛。鲙，同"脍"，吃法类似现今的生鱼片；炙，是火烤；烝，即蒸；臛，是做成肉羹。

其实，陆云不知道，海鲜还有一种吃法，就是晒干做鲞。过去没有冰箱，海鲜难以保鲜，宁波渔民就会把各种海鲜晒干做成鲞。鱼鲞的鲜美，再搭配上五花肉的肥美，相得益彰。

鱼鲞，外婆也会闻一闻、挑一挑买来烤肉吃。当然，对于高档海鲜比如黄鱼、带鱼、鲳鱼、小梅鱼、乌贼等，自己是不可能晒鲞的，因为永远没有吃不完有多余的情况。最新鲜的鱼，直接蒸着吃，只放点料酒、生姜，撒点盐花就很美味。如果稍有些不新鲜了，就拿酱油腌制一下，然后油炸做熏鱼吃。秋刀鱼，有时也会买，虽然价钱便宜，但是大家都不是很喜欢吃。河豚虽然味道鲜美，但处理起来复杂，大家几乎不吃。外婆讲，蚶子补血，是高高在上的“小姐”；毛蚶样子粗糙，虽是“丫头”，不过肉还是很厚实的。外婆还是喜欢吃“丫头”毛蚶，因为毛蚶肉质肥美，价格便宜。曾几何时，有传闻说上海人食用启东毛蚶得了肝炎，于是大家都“谈蚶色变”，但外婆不管，依旧很喜欢吃；受外婆影响，我也不管，照吃不误。

大桌上，大家一起吃饭讲讲话，每个人夹一块，味道格外好。善祥舅舅在疗养后期，可以与大家同桌吃饭了，也十分注意卫生，自觉用公筷。他平常爱到月湖边走走，经过半年多时间的疗养，身体好多了，人也胖了，心情也好了。离开宁波回上海的时候，他依依不舍地跟大伙告别。

39 挽救阿弟

“娘舅大石头，讲话独句头。”在老底子宁波人心里，舅舅的地位是很高的，所以，杭州有一档比较火的电视节目叫“老娘舅”，主要调解民间纠纷。家住在段塘的小外公一直精瘦精瘦的，60 多岁时，突然浑身蜡黄，疑似得了肝炎。

于是，家里求医于中医权威黄医生。黄医生望闻问切后，叹了口气，私下里对其家属讲：“肝炎晚期，这个病人想吃啥，就买点吃吃，准备后事吧。”

外婆得知情况后，立马赶去探望。外婆一个劲地宽慰小外公：“阿弟，别着急，没事体的，你到我家疗养疗养，住一段时间，我照料照料你。”所有人大吃一惊，因为肝炎是会传染的。

虽然家里有不同意见，但是外婆力排众议，把她阿弟接到了家中，让他单独住在改造后的一间房间里。她不相信自己会“好心犯恶意，石头压脚面”。外婆讲：“反正好做醋，坏做酒。”好像她比老中医还内行。

对于医生的话，外婆有自己的看法：“医生的话，不可不听，不可全听。”

子孙辈因病去看医生，外婆从来不干涉的。有的人喜欢看西医，她表示赞同：“好的、好的，快去看西医吧。”有的人认为西医用药霸道，喜欢看中医，她也是支持的：“要紧哦，要紧，快点去看看中医。”当然，无论看西医还是中医，孩子从医院回来了，她总是要仔细观察观察、仔细问医生的治疗方法。最后，还是要讲两句：“医生的话，不可不听，不可全听。”“注意哦，古人老话，是药三分毒哦。”

到了月湖，外婆又带他阿弟去看了医生，医生说他是胆管塞住，胆色素奔全身，所以浑身黄纸头一样。也就是说，前头医生又误诊了。难怪外婆要说医生的话不可全听。后来，外婆又找了其他医生开了一些中药给小外公调理，每日细粥、细饭、鱼肉蛋等伺候。

一段时间没音讯，小外公的儿子赵华元心急火燎地骑车来探望父亲。由于他一心想着父亲的病况，刚过小桥头，一不小心连人带自行车掉入河中，全身湿淋淋地来到外婆家。

父子俩相见，都惊呆了。父亲看到儿子，落汤鸡一只；儿子见父亲，黄色退了，面色红润了。当然了，经过两个多月的静养，小外公胃口好了，脸色自然也好了。后来，段塘的小外公又健健康康地活了 30 多年。

对于此事，外婆谦虚地讲：“鸡吃砻糠鸭吃骨，各人自有各人福。不是我的功劳，而是阿弟寿命长。”

外婆金句：“**谦受益，满招损。不能贪天下之功。**”

全家索米又边头，冷落南湖一镜秋。了却眼前儿女债，买蓑烟际伴闲鸥。

——史弥宁《怀归》

第十二章　伤脑筋

直面成长的烦恼

儿孙满堂，人丁兴旺，是一个家族最大的企盼。都说人多力量大，人多好办事，人多势阵大。实际上，人多烦心事也多……

白发人送黑发人，是人生最大的痛苦之一。自 1972 年 5 月 20 日大舅从余姚回家休养，后辗转溪口、上海多家医院，直至次年 2 月 6 日英年早逝的 280 多个日日夜夜，外婆没有吃上一顿安心饭、睡过一晚安稳觉，腿脚的奔波不算苦，内心的煎熬才是苦，眼看着长子病情不断恶化，外婆的心如锥刺一般。大舅过世，外婆心痛不已，然而她也知道自己不能倒下，因为还有一群孩子需要操心。

40 次子出事了

二舅庄瑞国的高中同学执笔撰写的回忆文章，刊登在宁波中学的纪念册上，题目为《令人尊敬的母亲》，是半个世纪后的追忆。他执笔写出的是关于我外婆的一个故事，还感慨说要像我外婆那样，做一个有良好的教养和良好的气质的人。字数不多，全文摘录如下：

1958 年大办钢铁那阵，我们到江北的炼焦厂劳动。有一次挖土打地基，有的人用扁铲切土，有的装土，有的担土。我们那时正年轻，想着毛主席描绘的“十五年赶超英国”的宏伟蓝图，大家热血沸腾，劳动时拼命地干活，还进行比赛。工地上的技术员现场测量后，告诉我们这半天已经完成了多少方，说是比一般工人干得多很多。大家听了后，心里更乐得不可开交。

正高兴时，突然见到一群人围在一起，扶着一个人急赶着往外走，焦急的声音从人丛中传来。后来才知道，庄瑞国的一个手指被正在切土的一个同学切断了，当时传说“手指只留下了一点皮还连着”。

听到出了这样大的事故，大家不自觉地停下手中的活儿，焦急地互相议论起来。有的担心只留下一层皮怎么能治得好；有的担心这次去医院肯定得住院，至少需要一个月，他的课怎么办，以后高考怎么办；有的担心没有了一个手指，他以后生活怎么办；有的担心住院动手术，这一大笔医疗费怎么办。五十年代，每家的生活都紧紧巴巴的，能吃饱已不容易，庄瑞国的家里也同样困难……

大家最担心的是庄瑞国的家里知道了会焦急成什么样：既要为孩子的手会不会致残担心，又要为飞来横祸带来的额外经济负担而痛苦奔走，再加上当时他已高三，这一事故会不会影响他高考拿笔写字。当时大家议论纷纷，焦急之情，溢于言表。有人担心怎么陪庄瑞国去见他家里人；也有人埋怨谁太粗心，干活实在太毛糙……

当天的劳动就在这样的担心中沉闷地度过了。下工回学校的路上，大家都忧心忡忡的。上晚自习时，有消息传来，说几个陪庄瑞国回家的同学见到他母亲时，赶紧作自我批评，然后等着他母亲抱怨甚至更严厉的责罚，谁知庄瑞国母亲却说：“劳动中出这种事故是难免的，阿拉庄瑞国也有责任，大家回去吧，不要担心。”

我听到这些话，胸中一下子涌起一阵巨大的感动和震撼，心里热血滚滚。我小时候淘气，也常闯祸。打了人家的盆、罐什么的，常常遭人家骂，有时甚至找到家里告状，要家里赔偿。现在班内同学闯下这么大的祸，庄瑞国妈妈不但没有责怪，或者当着大家的面因担心、伤心而痛哭流涕，反而倒过来安慰闯祸的同学，这是多宽的胸怀，多大的气魄，多么优秀的教养和气质！遇到这样的事，因担心而泪流满面或者责怪他人，这是生活中常见的。庄家姆妈临危不惊，并反过来体谅闯祸的同学胆颤心惊的心情，这需要多大的定力和多么良好的修养！

这真是一位令人尊敬的母亲！

事情过去几个星期，我们也没有听说庄瑞国与当事人之间有什么不愉快或争执。不久，庄瑞国回到了我班集体中，很平静，好像什么事都没有发生过一样。这也使我对庄瑞国肃然起敬。

细想起来，在他母亲这样良好的教养下，庄瑞国有这种对同学宽容和理解的品质，是很自然的。我很羡慕庄瑞国有一个具有这样高贵气质的母亲，这样的气质只有从小就开始精心培养和教育，才能形成，具有这种气质的人，在突然出现的重大的事故和灾难面前，仍怀着对他人的巨大宽容和充分理解。我们在生活中常常见到，因为走路时不小心碰了一下，公交车上挤了一下，工作中因为一句话……而引起摩擦、争执，造成不快和争斗。这些事与庄瑞国切断了手指比较起来，要小得多了。

因一个不幸的事故使我知道了庄瑞国的母亲，四五十年过去了，至今我仍记忆犹新。我一直把她记在心中，遇事与她相对照，想尽量学一点、用一点，以期使自己的气质有所改善。要想学到这一点，很难，很难，这需要从小就学习，并且要有精心的教育和良好的环境。我把这一故事，讲给我的孩子听，希望她们能学得比我好一点，成为一个像庄瑞国母亲那样有良好的教养和良好的气质的人。

——摘自《宁波中学59届九班毕业45周年纪念册》

浙江大学毕业的二舅一直受到全家人的尊敬，其中数我最崇拜他。他是知识分子的典型代表，不仅学富五车，而且个子高大，身板挺拔，身材匀称，胖瘦适宜，气质儒雅，他鼻梁高耸，关键还不戴眼镜，退休很久后才有点发际线上移。而大舅简直就是一个大明星，个子更高，脸庞更英俊，留给我们的印象，永远是照片里那年轻的模样。

这么优秀的两个儿子一直是外婆的骄傲。但是，只有三舅在婚后一直住在月岛，他照顾家里最多，是外婆决策家事的主心骨。

41 幼子四指断

20世纪70年代的中学生，都有一段学工学农的经历。那是一个火热的年代，是一段激情燃烧的岁月。为了落实党的教育方针，舅舅们的初高中生活有很大一部分时间是在各种生产劳动中度过的。学校号召学生深入农业第一线，接受贫下中农的再教育，务农可能是劳动教育的最高境界。除了学农支农，学校里也开展起农业生产，叫农业创收。某种意义上，这确实能培养学生吃苦耐劳的精神，能帮助他们从容面对生活的坎坷；经过磨练的双肩，自然担得起生活的重担和社会的重任。

任性的小舅瑞芝也长大了，他高中毕业后在铝制品厂学工劳动。现在生活条件好了，有些家长过度溺爱，致使孩子四体不勤，五谷不分，确实缺乏劳动教育；学校更是把安全放在第一位，很多活动没法开展。但是，那时的社会实践活动似乎过于不关注安全这件事，本不应该让学生从事危险性工种，却还是让他们去做冲床。

我母亲也是从铝制品厂退休的，她回忆讲："当时根本没有经安全培训的上岗证，车间为了提高产值，就把学生当成劳动工。晚上夜班上完，人已经七冲八跌，第二天居然还要上日班。这确实有问题。"

一日下午 1 点左右，小舅劳动时一不小心，叫车床冲断了左手的四根手指，血淋淋的。单位马上派小三卡把他送到最近的第一医院抢救。

医生看了看断掉的手指，已经血肉模糊，摇了摇头，说不可能断指再接，于是把四根手指的伤口一一缝合。外婆得知消息后，快步流星直奔医院，一看小舅手指已经被纱带包扎，十指连心哦，外婆心疼不已，又听医生说断指不能再接，顿时心痛如刀割。"阿娘值钿①大孙子，阿娘值钿小儿子。"外婆平常连家务事

---

① 值钿：意思是"疼爱"。此句第一个阿（轻读）娘指祖母，意思是祖母更爱大孙子；第二个阿（重读）娘指母亲，意思是母亲更爱小儿子。

都很少叫小舅做的，一下子怎么断了四个手指?！年纪这么轻，今后怎么办?

关键是小舅在宁波二中极有名气，主要是体育很出色。我清楚地记得，年轻时的小舅不光人长得帅，游泳还很厉害，可以从月岛边自家门口一直蝶泳到对面的居士林。担任学校篮球队队长的他一贯很神气，绝活是左右手都可以投篮，比如乘对方防守人员还没反应过来，他就出其不意用左手投篮，所以他一直颇受女生的青睐。毋庸讳言，宁波二中的校花后来成了我的小舅妈，就是因为在校园里暗暗喜欢上了小舅。可想而知，他这个左手指头被冲断，造成的损失巨大。

手术后，小舅被转到共青路军分区卫生所住院。炎热的六月天，人们汗水直流，当年医院条件简陋，没有空调，还没彻底坏掉的吊扇慢悠悠地转一圈又转一圈。外婆一手用毛巾帮小舅擦汗，一手不停地扇扇子，帮助他入睡。

我母亲值白班，喂饭、擦拭身子、洗衣服；最辛苦的是值夜班的三舅。外婆担心三舅第二天要出车，睡眼惺忪开车太危险，非要自己值夜班。心疼外婆的三舅承诺道："我自家会安排好，尽量让别人开，阿姆放心好了，侬也早眼（点）休息困觉去。"外婆这才迈着沉重的步伐离开，事实上她自己白天也要上班。

孩子们的政治思想进步，也是外婆格外操心之事。我母亲回忆道："在一次家庭聚会中，姆妈面对小弟讲：'小弟，你几个兄弟姐妹都是党员干部了，我看你上进心不强，入党条件是差一眼（点）。如果你努力一把入了党，我奖励你一千元。'"不仅仅是小舅，当时在场的所有人都瞪大了眼。一千元，在那时简直就是巨款，外婆想用激将法，刺激一下小舅。

结果不到半年，天资聪颖的小舅因表现出众而顺利入党，当然外婆也兑现了一千元奖金的承诺，她下的猛药还真管用呢。后来在一次家庭聚餐中，五舅讲："阿拉可没这种待遇了。"小阿姨讲："谁让你自己优秀，早就入党了。"对其他人，外婆就没有用过这法子，确实，这法子若是总用，家里哪来这么多钱呢。

岳母刺字，孟母三迁，这些故事都道出了母亲在孩子教育过程中的重要作用。外婆经常用"娘勤囡困懒，爹懒子好闲"来鞭策自己和家里人要勤快。外婆还讲，孩子的教育都是父母的责任，她说"**教子有方，门庭兴旺；教子无方，家计荡光**"。

42 四子眼受伤

四舅瑞丰高中毕业后，在宁波朝阳机械厂工作。一天，为了尽快完工，操作刨床时，他侧头去观察，不幸铁末子射入眼睛。眼科专家诊断后说，宁波尚无处理这种眼部意外伤害的医疗器材，必须转上海医院治疗，越快越好，否则可引起细菌感染，一旦发炎，非但受伤的眼睛保不住，还会影响另一只眼睛的视力。

听医生这么说，外婆立刻买好当天的船票，亲自陪同四舅瑞丰去上海手术。

到了上海医院后，医生告知：不打麻药针，手术后恢复会快一些，但手术中的刻骨之痛是常人难以忍受的。母子俩虽未经商量，但都选择了不打麻药，只不过外婆是为了让四舅术后能恢复得快些，而四舅是为了给母亲省下打麻药的钱。

"手术时，先是割开眼帘，然后用吸铁石把铁屑吸出来。"四舅现在回想起来都有些心悸，"我咬紧牙关，没喊出一声，但是疼得上身的衣服都湿透了。”

外婆紧紧握住四舅的手，叫起昵称：“宝宝，坚持一下，手术马上好了。宝宝，坚持一下！”

四舅乳名就叫“宝宝”，外婆这时候唤其乳名，既是在给予四舅最深沉的母爱，也是在安慰自己。眼睛是多么的宝贵，平常有一点灰尘吹入就泪水直淌，要把射入的铁末子从眼睛中取出，我想想也觉得可怕。

不幸中的万幸，手术成功了，四舅的眼睛终于保住了，当然视力还是受到了一些影响。

小阿姨讲，四舅年幼时得过腰子病（肾病），外婆花了不知道多少心血才把他养好。

聪明的四舅很有男人气概，和其他舅舅一样高大帅气，除了眼睛有点儿问题，看上去也更憨厚一点儿。慢慢地，四舅因工作出色，一步一个脚印当上了厂长，还被评为劳动模范。更厉害的是，四舅退休后，还被聘请当一把手厂长。

据说，四舅单位曾派其出国考察，费用由单位承担。但出于对单位经费的考量，四舅主动放弃了出国的机会，把名额让给了别人。从这件事中，就可以看出四舅的人品。他确实是一位好领导，难怪受到单位员工的尊敬和拥护。

四舅的为人有口皆碑，这也得益于庄家良好的家风家训家教。

43 三子“闹革命”

“文革”初期，三舅为了见到伟大领袖毛主席，曾去北京搞串联。他怕外婆劝阻，便不辞而别，只留了一封信在米缸里面。那日，三舅没有正常回家，去淘米做饭的二姐（我母亲）发现了他留下的信，她笑着回忆讲："开头一句是'妈：我去北京了，请不要担心。'后面写着他与同学的计划：大清早就出发一路走到庄桥集中，没有钱买火车票，就同时爬火车，铁路职工一下子也管不到那么多人。"

后来，听了从北京回来的三舅激情的描述，大阿姨也萌生了去北京见毛主席的强烈愿望。外婆见阻拦无果，为了帮助大阿姨成功实施去北京见毛主席的计划，她只好通知了上海外婆，让上海外婆请在清华的舅舅接待她，所以大阿姨此行不仅安全而且接待规格很高。

那时，三舅瑞盛风华正茂，也跟许多年轻人一样好奇、冲动。一次，三舅跟随学校的一群人闯入了宁波地区革委会，想不到的是进得去，却出不来了，因为外面被另一派人包围了。他们被围堵在里面一天一夜，谣言满天飞，说是两派打起来了，死伤多少多少人。

三舅一天一夜未归，外婆又听说他在冲突现场，整夜没有睡着。第二天凌晨，焦急的外婆由小妹（外婆对我小阿姨的昵称）陪同，赶到地区革委会看动静。小阿姨讲："好汉勿上两，上两要拍鲞①。运道交关好，那时三哥正好爬上墙头，向外观望，真是心有灵犀。"在我的追问之下，三舅不好意思地补充："墙外围观群众汗到各处②，人交关多，远远望去，你外婆和小阿姨站在

---

① 拍鲞：各种鱼比如鳗鱼晒干变成鲞，掰开鱼鲞干叫"拍鲞"，意思是"打架"。
② 汗到各处：像人身体的汗水一样流到各个地方。

一角落里，也正在往墙头看，拼命向我招手。我也向她俩摆手，手势示意让她俩回去。”

我想，年轻气盛的三舅在当时并没有感到有什么可怕的。可是，外婆却把心提到嗓子眼上，汗毛尺依①，可怜天下父母心。不过，见到三子瑞盛的面孔，她就放心了一半，但不知最后结果如何，于是和小阿姨一直等在那里不走。

小阿姨讲：“好在经过军管会的协调，两派和平谈判，下午三哥和阿拉一起回到家里。姆妈一路上再三叮嘱：‘今后不许参加这样的活动了。’回到家时，一下子瘫下来的三哥，才兜心兜底，老实告诉姆妈：‘人真真着力煞了，天花板浮起发出，头颈骨石骨铁硬，饭撬骨也有眼难过，浑身酸煞。②’”

外婆也兜底兜面，再三叮嘱：“这种头大拨拉的事体，千定万定不要再做了。”后来，外婆叫三舅到上海外婆家住了三个多月，闭门思过连带休养身体。

此事后，三舅也牢记外婆的教导，“文革”中从未参加任何派别的活动。所有瑞字辈儿女都明白“慈母手中线，游子身上衣。谁言寸草心，报得三春晖”这几句诗的内涵。每一个孩子是否平平安安，时时刻刻牵动母亲的心，他们决心不再给早生华发的母亲增添麻烦了。

---

① 汗毛尺依：指人的汗毛竖起，比喻精神紧张。

② 着力：疲劳，累。天花板：上腭。头颈骨：脖子。饭撬骨：肩胛骨，饭撬，盛饭的平勺，形似。

44 养育第三代

日子慢慢地过去，人们迎来了改革开放，坊间流传这样一句话："不管白猫黑猫，抓住老鼠就是好猫。"社会经济发生了很大的变化，外婆家的生活也不再困难了。

有一天，大人们都去上班了，家中只留下老人和小孩在一起玩角色游戏。大姆妈很会讲民谣："老爷老爷告告状。侬要告个啥状？我告老鼠偷黄糖。老鼠呢？老鼠被猫拖（音似太）走嘞。猫呢？猫爬到树上嘞。树呢？树被解匠解倒嘞。解匠呢？解匠被老虎背去嘞。老虎呢？老虎躲进山洞嘞。山洞呢？山洞被大水漫上嘞。大水呢？大水被太阳晒燥嘞。太阳呢？太阳被云遮住嘞。云呢？云被风吹散嘞。风呢？风停嘞。"

大姆妈剥桂圆肉做甜品，偶尔喂小孩们几口桂圆吃。"斗斗虫虫飞，扨只麻将剥剥皮。要吃吃眼气，勿吃嘟地超飞去，飞到高山吃白米。""铁铁扳扳，扳过南山，南山北斗，猪鬃买牛，牛蹄马脚，削落地主，踋一脚。"小子们一边吃桂圆一边念童谣，这个"踋一脚"也做了起来，可能因为动作过猛，突然，孙辈庄二不吭气了，一只桂圆核塞住了喉咙，吐不出，咽不下。

这下可把老婆婆们吓坏了，外婆马上抱起庄二直奔门外，发现月岛18号门口有辆做生意的运输黄鱼车，马上叫喊主人出来，请他带祖孙两人去医院。车子过了小桥，冲出哑子弄，又过了镇明岭。

眼看第一医院将到，突然庄二"呀"一声哭了出来，脸色也红润起来。原来冷静下来的外婆，想到了培训过的腹部冲击法，一番操作：让孩子坐在自己弓起的大腿上，并让其身体略前倾，双臂分别从其两腋下前伸并环抱，左手握拳，右手从前方握住左手手腕，左拳虎口贴在其胸部下方、肚脐上方的上腹部中央，形成“合围”之势，然后突然用力收紧双臂，左拳虎口向其上腹部猛烈施压，迫使其上腹部下陷。果然，庄二把桂圆核吐了出来。事态平息，外婆也被惊出一身冷汗。

呼吸道异物堵塞，经常发生在小孩身上，外婆在黄鱼车上的这番操作叫海姆立克腹部冲击法。该法由美国医生海姆立克先生于 1974 年发明。急救者可从背后环抱孩子，一手握拳，另一手握紧握拳的手，突然向其上腹部施压，迫使其上腹部下陷。胸腔只有气管一个开口，胸腔内的气体会在压力的作用下自然涌向气管，从而将异物排出 。一次不行，可反复多次。对于意识不清的孩子，可以先使其坐在自己弓起的大腿上，并让其身体略前倾，然后双臂分别从其两腋下前伸呈环抱，双手两掌重叠置于肚脐上方，用掌根向前下方突然施压，反复进行。特别提醒：用力不要偏离胸骨，以免造成脆弱的肋骨骨折。对溺水者也可用此法。

三舅追溯往事讲：“那些让人心惊肉跳的事，哪一件不是姆妈亲自出马督办的：大姐夫的胃切除三分之二，转危为安；大姐工伤，腰椎间盘突出，去上海治疗；二哥工作繁重，加上几次自己动手搬家累坏了身体，肾囊肿转成尿毒症去上海医治；小弟溪口住院；红英车祸护理……”

“一家仅知一家事，和尚不知道家事。”出现一桩桩、一起起的烦恼事，外婆能和谁商量，能向谁诉苦，她一边忍受着极大的痛苦，一边还要马上决断，立即采取措施，迅速行动。每一突发事件的背后，都有外婆呕心沥血的付出。

这么多年来，对于外婆的每个决定，“瑞”字辈的孩子都表示无条件地服从，包括自己的婚姻。因为外婆为子女们付出的太多太多，子女们觉得很难回报，所以尽量遵从她的意愿。现在，孙辈议论说，从某种意义上讲接受个别授意，其实也是盲目服从，遗憾难免。走过天，走过地，最难走过的是自己。其实，对于自己的过失，外婆也会内疚，也会难过。但是，一大家子的人，日子还是要过下去的，面对生命中无法承受的痛，外婆只能选择擦干泪，抬起头，告诉自己“明天又是新的一天”。

外婆养小孩很有经验，你想她伺候过庄家多少个宝妈坐月子！她看大的鼻头涕汰孩子有多少个！她很会观察孩子，经常用一些特殊语言来评价孩子。她对我、我弟弟的评论是“脚趾头都生着魂灵，是个书独头①”。当然，她爱庄家大院里的每一个孩子，虽然一开始她还是有重男轻女的封建思想。后来国家实施“生男生女一个样”的独生子女政策后，她确实也认识到女孩有女孩的优点与长处，所以她特别喜欢小舅的女儿庄园。

外婆带过的第四代也很多，比如我坐月子时，外婆和柴桥大姆妈一起住在我母亲家帮忙。其实，外婆很懂幼儿早期教育的方法，她讲：“唔亮头闲话，一百二十句。”意思是别看小孩小，不会讲话，但是耳朵听着呢，脑子转着呢，已经在生“魂灵”了，要懂事了，所以，可以多抱抱，多和他讲讲话。

早已驼背、有时喜欢自嘲是“烧饭乌龟”的杏菊大姆妈，边抱着小孩，边讲童谣的场景，让人记忆犹新。没有生过小孩但特别喜欢小孩的她，双手托着小孩的后背，对着孩子的小脸，前后

---

① 书独头：书呆子。独头：偏激，主观。

一摇一摇，口中会念叨："阿囡哎，侬要啥人抱？我要阿娘抱，阿娘腰骨伛勿倒。阿囡哎，侬要啥人抱？我要阿爷抱，阿爷胡须捋捋困晏觉。阿囡哎，侬要啥人抱？我要阿姆抱，阿姆搭囡囡做袄袄。阿囡哎，侬要啥人抱？我要阿爹抱，阿爹出门赚元宝。阿囡哎，侬要啥人抱？我要阿姊抱，阿姊头发没梳好。阿囡哎，侬要啥人抱？我要阿哥抱，阿哥看牛割青草。阿拉阿囡呒人抱，摇篮里头去困觉。"

工作时期的外婆是没工夫抱小孩的，每天像陀螺一样转着。后来她彻底退休了，讲的童谣经又复杂了一点，让我大吃一惊。比如"火萤头，夜夜来，陈家门口搭灯台。灯台破，墙门过，三千铜钿上宁波。宁波行里坐一坐，看见花生大落落，咬开一包壳，看见李子红通通；咬开一包虫，看见青果两头尖，还是买荸荠；荸荠扁窄窄，还是买甘蔗；甘蔗节打节，还是买广橘；广橘青盎盎，还是买石榴；石榴像牙齿，还是买桃子；桃子半边红，还是买吊红；吊红大舌头，还是买梨头；梨头一根柄，还是买大饼；大饼三层生，还是买花生。花生大落落，咬开一包壳（又开始循环往复）……"那时的外婆，记性还是很好的，可惜的是当时没有想到把外婆和杏菊大姆妈的口述宁波民谣、童谣一一记录下来。

值得一提的是，外婆认为，现代人发明的这个尿不湿只能暂时消除大人的烦恼，外出时偶尔用用是方便的，但是经常使用对孩子特别是男孩的私处害处极大。外婆喜欢给月子里的孩子定期"把尿①"，让婴儿在月子里就定期排泄，这样就养成了习惯，毕

---

① 把尿：大人托着小孩屁股让小孩尿尿。

竟无论尿在尿布里还是拉屎在尿不湿里小孩屁股都是很难受的。外婆习惯囤积着贼（很）旧的被单布或者全棉的旧衣服，说是柔软更舒服，将来可以裁剪成尿布，脏了扔掉也不心疼。外婆讲，啥叫“一把屎一把尿地养大”，就是这个意思。所以，外婆带过的小孩就被规训养成良好的习惯，我先生因此保持了“没有洗过儿子一片尿布”的纪录。当然，现在的年轻人可能不赞同，但是每个年代的人都有自己的育儿观，这无可厚非。

外婆金句：“**月里毛头不可耸，月里媳妇不可宠（哄）**。”意思是，不到一个月大的小孩不能溺爱，结婚不到一个月的新嫁娘不可以纵容，以防习惯使然。

45 严冬医婴儿

家住镇明岭的小陈雷，月子里被养得白白胖胖的，很讨人喜欢。可是满月后第三天，突然嘴唇发紫，脸发青，呼吸急促，哭声也没有了。孩子母亲和外婆顶着鹅毛大雪，急奔向我外婆处求救。真是奇怪，孩子生病不去医院，真是太相信我外婆了。

外婆急忙赶到她家，一边观察一边摸小陈雷的手和脚，冰冷冰冷的，又问了其母这几天孩子的情况。随即叫人冲好两只热水袋，一前一后放在婴儿的夹衣外，然后她站在孩子面前仔细观察。小孩看见陌生面孔，露出十分难受的表情。

外婆给他讲童谣像是一首催眠曲：“喔喔，小孩乖，小孩乖，讲只故事给乖小孩，老鼠尾巴像挫刀，老鼠眼睛像胡桃；前脚低，后脚高，身穿一件破棉袄；日里嗤嗤[1]困晏觉，夜到做贼做强盗……”小孩听着顿时安静下来。

原来，陈家好不容易添了一个男丁，全家高兴得不得了。前天办了满月酒，前来祝贺的宾客满堂。亲亲眷眷都喜欢把胖嘟嘟的孩子抱过来，贴贴脸，亲一亲，碰碰其脑壳头[2]、鼻头管[3]，捏捏脚踝头[4]、脚板面；其他朋友来了，也喜欢抱一抱，摸摸其手天心、脚底心，拉拉其脚拗子[5]、脚后筋，孩子被接过来又送过去。

宁波风俗是称赞小孩要讲反话的，比如“这小人面盘子生得交关难看，子孔潭[6]还有哪，嘴唇皮、眼眉毛、眼眨毛[7]、耳朵皮、鼻头管，交关好白相。”“难看、难看噢，太阳角[8]里别别会跳[9]。”“有趣、有趣，小拳头吃吃、涎搽水[10]流流。”

问题是已经发现“这小孩鼻头水、涎搽水笞笞滴”，大人只顾享受喜悦与快乐，全然没顾这个尚不会说话的婴儿的感受，哪能忍受严冬一热一冷的煎熬。

外婆凭着照料过多个孩子的经验，判断这孩子没有啥大病，只是需要保暖，于是讲：“婴儿像刚出土的嫩芽，温室里的花朵，

---

① 嗤嗤：形容睡着时的呼吸声或鼾声。
② 脑壳头：指前额。
③ 鼻头管：鼻子。鼻，音“白”。
④ 脚踝头：指膝盖。
⑤ 脚拗子：指膝关节。
⑥ 子孔潭：指婴儿留在天灵盖中心的一块凹下去的肉洞，即囟门。
⑦ 眼眨毛：指睫毛。眨，音“杀”。
⑧ 太阳角：颞骨，指太阳穴。
⑨ 别别会跳：宁波话，象声词。
⑩ 涎搽水：口水，又称“涎吐水”。

经不起风霜寒冷，孩子受冻了。”热水袋焐了大约半个小时，婴儿脸色红润起来，手脚也热了起来，小陈雷没事了！

外婆再三关照其家人：“第一，由于小宝宝免疫力低、抗病毒能力交关差，要尽量减少与陌生人接触，大人不要带着小孩跑马灯样到处逛。第二，若要小儿好，尚须三分饥和寒。勿要硬塞东西、吃太多；勿要穿太多，天还没冷，小人就穿得像杜仲包①一样，反而会感冒。第三，宝宝还要睡好。这才是真正的养育之道。”

外婆有金句：“**若要小儿安，常带三分饥和寒；若要小儿好，尚须三分寒和饥**。”值得现代年轻父母带娃时参考。

46 中医和西医

前面提到过，外婆对待医生的态度：“医生的话，不可不听，不可全听。”

外婆一生，身体康健，几乎不怎么看病，但她经历了庄家大院其他人必须要进医院的大事体。对于生病，外婆有金句：“**有事不可胆小**。”

外婆重视的五件大事是吃、喝、拉、撒、睡。吃的方面最重要，“侬不吃，我要昂②”。吃要吃得足够杂，足够粗，足够素，足够天然，还要喝足够的水。每天的睡眠不应少于八小时。大病一般是小病一点一点发展而来的。外婆金句：“**小洞不补，大洞**

① 杜仲包：指衣着臃肿或者很胖的人。杜仲，木本植物，皮厚有丝，隐喻厚重的衣着。

② 我要昂：意思是“我要担心、忧愁”。

叫苦。”亡羊补牢，为时已晚。

她认为，最好在早上起床时养成定时定点排便的习惯，让自己排泄有规律，同时观察大小便的颜色、数量和间隔时间。肚子“三天拉一次、一天拉三次”都不是病，没必要去看医生的，只是肠胃出了小问题。一天拉三次的时候就清肠，喝一点薄粥，用点盐有点咸味即可；但不能三天以上不拉一次大便，这是要出毛病的。

确实，有的人天天大吃大喝，病了就去医院开一点药吃。身体有一点不对，就吃药，表面上看他是在治病，其实都是治标不治本。疾病不一定是坏事，不同的症状，有不同的原因。最重要的是去找出现问题的根源，改变生活习惯。如果不改变生活习惯，有些病永远好不了。其实，有时并不需要医生。比如，有人一段时间工作压力特别大，晚上应酬也多，血压会升高。只要改变这种不好的生活方式，血压就会降下来。人们最好的“医生”有时候是自己，要善于观察自己的身体，养成好的生活习惯，否则医生也没办法。

在外婆的观念里，中医关注的就是你怎么看待这个宇宙，这个世界，怎么看待人生。当你想问题的方式改变了，心态就会发生很大的改变，很多精神、思想方面的疾病就不见了。而大部分身体方面的疾病都是不良的生活方式造成的，比如熬夜、胡吃海喝、不爱运动。如果心态积极、生活方式没问题，人际关系良好，没有基因问题，那么人大多健康。外婆和她身边所有高寿的人都是很少去医院的，最后也都是无疾而终。

外婆有金句：“**人养病，还是要靠自己的**。”养生就是让自己的身体处于一个和谐平衡的状态，但因为每个人的情况不一样，所以方法也不一样。不同的人，要根据不一样的环境，让自己尽量适应周围环境。医生的作用其实就是引导人往最好的状态走，让身体回到和谐的状态。外婆说："真正把病治好的，不是对面坐着的那位老中医，不是他用的那根针，不是他的按摩手法，不是喝下的那碗汤药，而是阿拉自己。"

外婆不知道从哪里听来的，给我讲过药王孙思邈看病的故事：首先他看病人的状态，是高兴还是伤心，根据不同的状态进行处理；然后再问病人的生活方式，看看是不是有不良生活习惯，再让他去培养健康的习惯；如果还不行，他就告诉病人一些食疗的方法，再不行就做按摩，再不行就扎针，最后才用汤剂。吃药是最后才使用的手段。

所以，在一个真正的中医眼里，疾病只是因为人身体内部出现了不和谐或者不平衡，医生和患者努力的方向是去调节这些不和谐和不平衡。外婆也知道中医"治未病、常常陪伴、有时治愈、常常去安慰"的理念。

虽然我自己没有住过院，但是有服侍父亲三次住院、母亲三次大手术的经历。我认为所有的医生、护士都恪守职责、尽心尽力，真的是白衣天使。西医的手术技术是高超的，医生都是讲道理的，比如父亲出院时，我提出不希望再做拍片之类折腾的事，虽然违反医院规定的出院流程，但合情合理，我父亲的主治医生第一医院季医生马上答应。特别感人的是这些护士，她们不嫌脏、不嫌累，每天陪着患者，工作特别辛苦。

比如宁波市第二医院的骨科护士长，在我母亲做完膝关节置换手术后，非常仔细地告知我母亲在家应该如何锻炼、护理、用药，有哪些禁忌以及何时复诊等。这个出院培训用时超过半小时，最后她说了一句：“任何人出院，我都是这样亲自培训的。”我的公公小中风住在宁波市第一医院，得知香港顾老板将前来探视后，我提出申请，医生马上同意并打开会议室供我们接待使用。

所以说，我相信每一个医生都是救死扶伤的白衣天使，而且都善解人意。只要好好沟通，理由充足，病患及家属的合理诉求一般都能得到积极的回应。

撰写本书之际，武汉疫情严重，我常常为这些英勇无畏的白衣天使落泪，他们也是普通人，也有家庭，但是冲锋在前无怨无悔。“我爱你，要回来，我包一年家务！”家属这种分别时的表白，实在感人。

医生也是普通人，有时也会有做得不周到的地方，病患家属要理解，实在没必要苛责。病人生病本来就不好受，可能脾气不好，医生也要理解。所以，医患双方都需要有良好的沟通技术。

我的外婆老赵同志在沟通方面就有一套自己的技巧。有一个双休日，我和先生带着外婆到东钱湖闲逛。看到一少妇带着父母与孩子到农家乐吃饭，把车停在篮球场的边沿，那里有人用草席子晒着萝卜干，主人发现车轮压到了席子上的萝卜干，便询问是谁家的车子。少妇出来了，两个人开始你一句我一句地吵起来。少妇说：“就压到这么一点，你是不是想敲诈我！”农家乐主人跑出来当和事佬，说他愿意出点钱赔偿，萝卜干主人不肯，就是要少妇出资赔偿。

我和先生一直阻拦 85 岁的外婆不要去过问闲事，这里是东钱湖，不是月湖，更不是在月岛居民会。半小时过去了，围观的人越来越多，附近居民都来看热闹。僵持之下，少妇的父亲为息事宁人，拿出 20 元赔偿金，但是少妇依然不肯，还威胁人家说："把我父亲（有高血压）气倒，你要负责的！"

后来，少妇打了 110，警察来了；少妇觉得自己胜利了，就开车走了。结果，警察又赶去把车拦了回来，明确提出少妇需要赔偿，至于钱的数量由双方协商。最后，少妇还是赔了 20 元。

警察走了以后，萝卜干主人说："萝卜干是不值钱，但我就是咽不下这口气！一开始，居然讲我敲诈，那我就敲诈点钱好了。"

老外婆细细分析讲："折腾了一个多小时，还动用了警察资源，双方都太不值得。主要是这个少妇的错，自己错在先，承认不就是了嘛。好好道个歉，真诚地说声'对不起'，看看对方的反应。再不然，主动提出需要赔偿，比如多买点萝卜干回去。不能一上来就指责对方是要讹诈、讹钱，把人家看扁了。"

外婆沟通技术中最重要的一项，就是先找出对方的合理性、肯定对方，甚至赞扬对方。现在之所以会发生极端的医疗纠纷，有时病人及其家属的前提假设是有问题的，比如认为医生护士都要拿红包，然后戴着有色眼镜看医生与护士。而外婆对人性的假设是人心都向善，人们都愿意成为好人，医生更是高尚的人。

在外公因医生误诊延误治疗丧命后，仍有这样的认识，可谓"超级外婆"。

翠云摇曳波心起，清影扶疏月际来。结实终期丹凤至，虚心聊映小桃开。

——宋　刘理《咏西湖十洲·竹屿》

露华晓候渔舟出，星光暮入水亭待。

——明　陆铨《月湖行》

第十三章　雪中炭

一贯助人为乐

“救人一命，胜造七级浮屠。”外婆多次舍命救人的故事，十分惊险。

外婆的一生甘于奉献，亲戚朋友有烦心事来找外婆，她从不推托，哪怕自己家中有困难，也是把方便让给别人，把困难留给自己。她不仅对熟人兜心兜肺地好，对陌生人也是一样。如果一个人处处为他人着想，无暇顾及自己的利益，终有一天会收获意外的福礼。

47 腊八分粥风俗

每年腊八节，外婆都会讲：“穷人喝了腊八粥，过年有盼头。”所以，外婆继承了腊八分粥的旧俗。伴随着“分”粥、“送”粥活动，人情往来的热闹劲儿，远远超过喝粥吃粥本身带来的快乐。所以，外婆又讲：“腊八分粥，意不在粥，在‘馈送相尚’。”

自佛教传入中国后，到了腊八这日，各个寺院都会“送七宝五味粥与门徒”，“是日各家亦以果子杂料煮粥而食”，所以“腊八粥”始于佛寺施粥。另外，古人特别是有钱人家、小康人家也会熬腊八粥祭先供祖，感谢其庇佑。仪式感的背后，体现的是古人对祖先、神灵的敬畏，慢慢延伸为对安康丰收、喜乐顺遂等美好愿景的祈求。因此，“腊八粥”也叫“福寿粥”。“喝了腊八粥，过年有盼头”，人们对丰收安康的好日子的期许由此可见。

宋代考据辩证类笔记《鸡肋编》中就记载："宁州腊月八日，人家竞作白粥，于上以柿栗之类，染以众色为花鸟象，更相送遗。"喝腊八粥，忌"独食"，在很多地方志中都有详细记载。到了元明清时期，食腊八粥风俗深入农村，提醒世人不要忘记人与人之间团结互助带来的力量。据《明宫史》记载，腊八前几日，人们就要将红枣捣破泡汤；至初八早，再加粳米、栗子、核桃仁、白果等，一起熬制煮粥。

随着社会的发展，腊八粥的配方在变，可送粥、分粥的传统却从未改变。

老底子宁波人有熬海鲜腊八粥的传统，这是比较独特的做法：买来新鲜的鱼，分离鱼肉和鱼骨，用剔下的鱼骨熬汤；将米洗净，连同鱼肉一起放入鱼骨汤中烹制，再放入生姜、料酒去腥味。大多数人家从腊月初七晚上就开始熬，放在火盆里"焐"过夜。等到腊月初八早上开锅，香气四溢，食前再撒上一把葱花，锦上添花。

当然，外婆是在日子好过以后才开始施粥的，没有很高档的食材，配料还是以各种颜色的豆子、红枣、黑米等为主，熬好以后派我母亲送去给月岛上十几个孤寡老人吃。外婆讲："宁粥等人，毋人等粥。"喝到这碗粥时的幸福感，恐怕是生活在物质极其丰富的时下的人很难体会的。

前几天我与母亲一起散步，遇到原海曙区环卫处书记，白发苍苍的他还会想起与外婆一起工作时的各种趣事，感慨外婆的为人处世之道。他说："你外婆啊，总把你们后辈送来的各种好东西都藏起来，自己不吃，一看到邻居，就分给大家吃。"他还笑哈哈地模仿外婆："'阿囡，介早下班呀。来来来，给你东西吃吃’。其实，无论多晚，你外婆都说早的，还嘱咐孩子们：‘阿囡，小伙子，要顶头末结①回到屋里去，阿爸阿姆等你呢。’”

确实，外婆宁愿自己少吃点，定要分点别人吃。外婆常说：**“自己吃求坑（茅房），别人吃求扬（扬名）**。”对我们也是“千日胡琴百日箫，锣鼓钹子日日敲”。按照《黄帝内经》的说法，人若要脾胃好，还是少吃一点，也许这就是外婆的长寿之道。

48 挽救轻生少女

那年冬天特别冷，在腊八分粥后的晚上，寒风刺骨，还雨毛滞滞。深夜十二点左右，按照惯例，外婆和海曙区公安分局的两位同志、居民会治保干部四人，要挨门挨户去巡查，推推门是否关牢、查查人是否回家；花果园庙前，看看是否有讨饭的过夜，天这么冷他们是否有被头盖，是否需送到遣送站。

夜深人静，他们走到月湖桥最高处时，突然听到“扑通”一声，隐约感觉到距他们 30 米远处部队汽车连驻地前的湖中有动静，好像有条大鱼在翻腾，发出“啪啪”的声响。外婆用手电筒照照，再仔细看看，确定不是鱼，是两只手在水面拍打扑腾，但没有喊声。已是夜深人静之时，天又冷，不可能有人在游泳。她大喊一声：“不好，有人落水了！”

四人飞奔到湖边，才听到水里有一女孩在大喊：“阿姆！阿姆！”外婆猜测说：“可能是她在叫亲妈。”于是，外婆一边奔跑，一边大声回应：“阿姆来了！阿姆来了！”

---

① 顶头末结：意思是“直接”“马上”。

四人急忙奔向河埠头，刚好那里有一只河泥船。张宁辉麻利地解开缆绳，外婆发现没有船桨，就飞奔赶去部队汽车连求救。

汽车连门口站岗的卫兵一听说有人落水，马上吹了一声口哨，不到一分钟一群解放军小伙子赶到集合，汗衫短裤，还没来得及穿厚衣服。他们飞奔到出事的河边，此时卢科长与小张早已解开船绳，大家急速下船。没有木桨，小伙子们就全部匍匐下身体用手划船向湖中冲去，大家顾不得冷，也顾不得衣服有没有被打湿。

没一会儿，船就来到落水者身边，这时她已开始慢慢下沉。解放军小伙一看是个女人，稍微愣了一下，外婆伸手就去拉她，但实在拉不动。小张与卢科长气力大，几个人七手八脚地一起把花棉袄姑娘拖上船。考虑到人不能都在船的一边，否则小船要侧翻，外婆就指挥其他人在船的另一侧维持重心，然后大家齐心协力以手当桨，将船划向岸边。

大伙把落水者拖上小船后才发现，这是一个 20 岁出头的妙龄姑娘。在船上，外婆轻轻地问她是怎么落水的，她就是不作声，神情呆滞，浑身在发抖，泪水无声地往下流。外婆就脱下大女婿送的军大衣，给姑娘披上。

船慢慢地往岸边靠。上岸后，大冬天里冻得嘴唇发紫的汽车连解放军战士们纷纷跑回了部队。外婆他们几人把这个湿淋淋的女孩连扶带拉送到居民会的办公室。外婆安排她住在离居民会最近的谢婆婆家，自己又回去给她拿了换洗的衣物。这时，她终于开始讲自己想不开的缘由。

原来姑娘在绣品厂上班，她遇到一个心仪的男孩，两人很快坠入爱河，准备谈婚论嫁。但是，她父母不同意两人的婚事。特别是她后娘，强烈反对，主要原因是男方太穷了，姑娘一直在抗争。出人意料的是男朋友违背诺言，向她提出分手。她感到做人没乐趣，晚上走出家门，东走西荡，直到深夜，来湖西河纵身一跃，想结束生命。没想到水这么冷……

了解了原委，外婆使劲安慰她："自己内心要坚强，结婚前看人眼睛实在要擦亮。穷，确实没有关系，只要真心对你好就行了。你年纪轻轻的，遇到人生挫折，不能一时想不开就寻短见。"经过外婆耐心地劝导，姑娘的眼泪止住了，心平静下来了。

最后，外婆亲自把她送至象鼻巷家中，路上一直在安抚她的情绪。外婆敲开她家门时，是其后娘开的门，其父还在呼呼大睡。好事做到底，外婆让其后娘把孩子的父亲叫起来，然后严肃教育了他们一番："明人弗做暗事，真人弗讲假话。现在新社会婚姻自由，父母为孩子将来的幸福，可以讲讲道理，指点指点，不能坚决反对。结婚后是他们自己过日子，儿孙自有儿孙福。今天要不是阿拉巡夜，你们因为反对一桩婚姻而失去一个女儿，值得不值得？"

她父亲连连称道："谢谢主任，阿拉有数了。"

姑娘鬼门关前遇救星，外婆腊月深夜湖中救人，多么惊险的一幕。此事反映出外婆一是有勇气，二是稳重，三是耐心。如果不会求救，人手不够，就救不到人；如果小船侧翻，不仅自身难保，更救不起人；如果不能耐心了解事情的原委，就没法做通思想工作。

子在川上曰："逝者如斯夫。"外婆用毕生的经历总结出的金句：**"啥都不是事，是事也是一会儿的事，事情总是会过去的。"**

49 二救落水男童

外婆每天早上 6 点左右就起床了，她拉开 17 号的大门闩，拿把扫帚从 17 号门口扫过去，一直扫到转弯角的电线杆，把家门口的整条路都打扫得干干净净的。大妹瑞雪看母亲辛苦，基本上承包了墙门里面大小明堂的打扫任务。其实，清晨外婆在打扫卫生的同时也在观察天气，观察月岛上的动静。

“双夏”季节，用水量大增，湖西河水一天低一步格，河埠头有绿绿的青苔，很多不了解的人都会上当，脚一踩上，人就要滑倒。有人打湿了衣裤，有人跌伤了腰，这是经常发生的事。只有住在湖边的人，才知道青苔的危险性。

因此，外婆一有空，就拿硬扫帚把青苔打扫干净，以防有人不小心滑落河中。

一天早上，外婆正好扫地扫到转弯角，准备回家时，发现一个小男孩从镇明岭小砚岳池旁赶了三只大白鹅来湖西河边吃草。小孩好玩，不看路，走着走着，竟然“扑通”一声落水了。

外婆赶忙跑过去，递扫帚叫男孩拉，可惜扫帚柄短，男孩够不着。

外婆马上大喊：“大妹！大妹！快拿长竹竿，救人啦……”我母亲瑞雪一听姆妈喊，马上放下扫帚奔出去，又听到后一句，连忙折回家取了有钩子的长竹竿，交给外婆。

外婆把小孩扒到岸边，我母亲伏下身子将孩子抓住，母女俩一起把孩子捞了上来。

还有一天中午，外婆刚出门，就看见一个八九岁的小孩滑入河中，双手乱划，双脚乱蹬，离河埠头已有两公尺远了，情况危急！

外婆急奔过去，跳入河中。其实，她自己也不会游泳，但知道河边水不深，成人是站得住的。外婆一把拉住小孩，一手扒拉着水，把小孩稳稳地拖上岸。

我母亲也赶来帮忙，外婆一看小孩的气色不对，说："大妹，不能把他放地上，放在我大腿上。"

外婆让男孩趴在自己的大腿上，头朝地、背朝天，自己用双手按压孩子的背脊，压一下，孩子吐一口水，反复很多次，直到吐出了白米饭。这才说："好了，透气了，好了。"这时，孩子也醒过来了。

小孩显然吓坏了，哭哭啼啼的。外婆说："想想都后怕，如果动作慢点，小孩就漂向河中去了，后果不堪设想。月湖人比喻湖西河是'锅底'深，离岸多一尺，水就深三尺。"

这个小孩大阿福①一个，很可爱，怪不得介重。我母亲瑞雪看到小孩有些冷势势，就仔仔细细把其从头底心②、后脑扑③、后使颈④到脚底心都擦了一遍，然后给他换上了干衣服，问出了其家庭地址，拎着他的湿衣服，送回到县学街的家中。

这户人家真是急得像热锅上的蚂蚁，"买田买东乡，儿子要亲生⑤"。他们家就这么一个宝贝儿子。为了表示感谢，第二天的

---

① 大阿福：小胖子。阿福：旧时常见的人名。大阿福原系无锡泥人中的小胖子造型，借喻。

② 头底心：头顶。底：顶；心：正中。例："帽子勿戴，头底心有眼冷势势"。

③ 后脑扑：后脑勺。扑：扑出，凸出。

④ 后使颈：头颈后。

⑤ 买田买东乡，儿子要亲生：东乡土地好收成。东乡：指宁波东部郊区的东钱湖流域，大体范围南北从前塘河到大浃江、东西从福泉山至城乡界。其地有东钱湖供水，旱涝无虞。此句突出儿子亲生，有亲情。

早上，他祖母送来一只活的大白鹅。但是，被外婆婉言谢绝了，外婆反复叮嘱他们："谢礼是不必的，真真要做的是看好自己的小孩。"男童家人点点头，说："好人一生平安。"

外婆叮嘱的这些话，也经常对子女讲："12 点左右，小孩要管牢，特别是夏天中午。住河边的小孩玩水是爱好，烈日当头，过路人少了，住在河边的人家也休息了，所以，这时千万要当心。"

50 帮罱河泥农民

过去湖西河的水为什么能水清见底？这和每年农闲季节从四邻八乡来的罱①河泥人有关，他们把河中的腐蚀质沉底物——河泥装去当有机肥料，河水就干净了。现在基本没有农民做这样的活了。

罱河泥一般用木船，后期改为水泥船，一人在船头划，一人拉或两人各一边拉着一根麻绳，把口形的麻斗扔到河底。麻斗是麻缝制成的，可以过滤水，烂泥进去了就出不来了。他们从东拉到西，从北拉到南，先把河泥拉到斗里，再慢慢向上传，把河泥倒入船中，很费力气。到最后，拉上来的东西寥寥，就证明没有河泥了，该换另一条河道清理了。

1967 年隆冬季节，集仕港的农民乘着两只河泥船，趁农闲来湖西河罱河泥。这项作业历时近一个月，他们就在河旁的空地里，用毛竹、篾垫、稻草搭棚，作为住宿过夜的地方，旁边还用

---

① 罱：音"揽"。

砖头搭灶做饭。

外婆出门见到此景，就主动向他们打招呼："这种草棚怎能挡住隆冬腊月的寒风，下雨天、下雪天怎么办，就住到我家屋堂前间吧；要烧饭，我屋里有大灶可以烧稻草。"

我印象当中，外婆早上很早就起床扫地、烧水，一回家就忙着烧饭。我下课回来，她一般都在用柴烧大灶，那时候大灶烧出来的米饭有锅巴的，趁热吃很香又脆，冷了就不好吃了，但是放点水就能做一碗泡饭。外婆从来不会浪费一粒粮食，从小苦出身的人，更懂得珍惜粮食。

现在生活水平提高了，大家都不吃过夜的菜了，但是外婆总是说："别倒掉，我会吃的，没事的，没那么多细菌，我已经活到80多岁了，没事的。托共产党的福，否则哪里来介好日子过呢？"其实，我们晚辈应该理解老人的这种节俭行为。

罱河泥的农民没见过这么热情的大姐，领头的跟着外婆回家看看，走到灶跟间①里面，看过外婆家的尺八镬②，还有灶梁头③、烧柴草的大灶、灶镬洞④，来到后明堂⑤，农民兄弟看到尺八磨⑥更是吃惊，于是狐疑地问："那么，一月要付多少钱？"

外婆笑着说，不用付钱的。几个人开心得不得了，于是，七

---

① 灶跟间：厨房。跟：后部，如脚跟。

② 尺八镬：大铁锅，以口径一尺八寸而名，用于人口多的人家。此外，还有尺六镬、尺四镬、朵镬（有耳朵环的小锅）等。镬，锅，音"货"。

③ 灶梁头：锅台的最上方。烟囱根部横砌如梁，称灶梁，其上方可置物。

④ 灶镬洞：灶中燃火处，因此处上镬下灶而形如洞得名。

⑤ 后明堂：正屋后的天井。因其有相对的私密性，故旧时为妇女和小孩的活动之处。

⑥ 尺八磨：大石磨，专指直径一尺八寸的大石磨。

个人的行李、稻草之类的东西堆满了后明堂。农民饭量蛮大，吃饭是用泥汉碗①盛。外婆家的大灶确实派上了用场，而堂前间正好给他们睡觉用。

第二天，天还只有一点点亮，他们就起床烧饭、出工，其中一个年长的胸前戴着一块黑牌，上面写着“走资派×××”。

休工后，外婆问过年轻农民才知道，年长的原是村书记，造反派指定叫他挂黑牌，出他的洋相，丑化他。其实，罱河泥不光需要力气，更需要技术，而原书记才是罱河泥的主心骨。

原本准备一个月完成的罱河泥工作，由于农民们吃住方便了，心情舒畅了，提前一个星期就完成返集仕港了。他们把烧剩的稻草和吃剩的半袋米送给外婆。外婆把稻草收下了，米不肯收。

于是，他们真心诚意地讲：“如果米不肯收，就是看不起我阿乡了。阿拉住了这么多天，你不肯收一分钱，有时还盛菜给阿拉吃，阿拉怎么答谢还来不及呢。阿拉从来没有碰到这么好的人家。”他们都称呼自己“阿乡”了，外婆不好意思，半袋米还是留下了。

“介好人家，阿拉这回连檐头水②都没淋到。”千恩万谢后，他们依依不舍地离开了月湖。

品行高尚的人都有一颗善良纯净的心，只有善良纯净的人，才能处处与人为善，不求名，不求利，默默地做着有益于他人的事情。这些人平凡而伟大，其精神可以永垂不朽。

---

① 泥汉碗：又称“泥汉大碗”，一种粗糙的大海碗。

② 檐头水：通过屋檐的瓦片缝流下来的雨水或融化的雪水。

51 助筑堤坝石匠

每年夏季刮台风时，月岛居民都要组织抗击各种名称的大台风、强台风的活动。台风对住在内陆地区楼房里的人而言，根本不算啥，甚至能在酷热难耐的夏季带来雨水与凉爽，让人舒服。但是，台风对沿海城市宁波、对月湖岛上居民会的赵主任而言却是一场场考验。

外婆喜欢看电视，第一关心新闻联播播报的国家大事，第二关心气象预报。气象预报会告诉大家台风在哪个海域生成，风速如何，于几时在哪个沿海登陆。如果天气预报说台风将在宁波沿海登陆，外婆便指挥居民会的人员全部行动起来抗击台风，确定哪位老人需要通知其子女接去新房居住几日，哪里的房梁要去加固，哪个地方屋顶要压住等。

月湖人都知道台风能量巨大，破坏性极强。首先，强风破坏力大，月岛上的一些老屋已经不起 6 级以上的台风了；其次暴雨破坏力大，月湖的水涨起来，水势凶猛。台风登陆后，一天之中降雨量可达 100~300 毫米，甚至可达 800 毫米以上。好在更为可怕的台风风暴潮，在月湖是没有的。

我记得，有一次暴雨使月湖水位上升，岛的四周几乎都是水，外婆家进门的下街沿全部都是水，再涨一厘米外婆家屋里就要“水漫金山”了。

对于抗击台风，外婆很有经验。先到鼓楼前的水则碑看看潮水的情况，超过一定水位时，她就马上组织人到新江桥挖土，用很多麻袋装来，然后斩很多草塞到里面，最后一袋一袋垒起来当临时堤坝，可抵挡水的冲击。

政府后来进行湖西河改造，筑河堤，修沿河的石条路。在夏天似火烧的日子，十几个石匠戴着草帽，抬的抬，敲的敲，汗流浃背。口渴了，就到居民家讨些天水喝。天水就是水缸里的水，不是自来水，由于在月湖边，所以，天水的水质更加好。

外婆看到后，马上在家门口放上一只大的茶缸，拿出脸盆、毛巾，让他们洗洗。中午有点休息时间，他们在树荫底下打瞌睡，外婆就请他们到堂前休息，还给他们开了电风扇。中饭他们是自带的，饭和菜是冷的，外婆看到后，烧了大锅咸齑汤或青菜汤之类，免费提供。

带班工头连声说“谢谢主人家”，并拿出几元钱要给外婆。

外婆立即谢绝，讲：“要钱，我就不干这些了。你们这么辛苦地干活，我尽点义务是应该的。”

外婆有金句：“**烧香要烧三宝地①，好事要做眼面前**。”外婆经常教育阿拉，要“真诚待人，要多做好事、善事”。真诚，是一种极为可贵的品质，它可以拉近人们之间的距离。如果每个人都能友善待他人，那么一切会变得更美好。就像一首歌唱道：“只要人人都献出一点爱，世界将变成美好的人间……”

52 端午节被人撞

“粽子揾白糖，香袋挂胸膛。”农历五月初五端午节，宁波人除了有赛龙舟、包粽子、做香袋、喝雄黄酒的习俗之外，还有吃

① 三宝地：佛、法、僧为三宝，泛指佛地。眼面前：当前，现在。

“五黄六白”的旧俗。有句谚语：“端午勿过节，田毛要打结。”所以，在端午节那天，宁波讲究的人家都会在中午预备一餐好酒好饭，会端上一桌“五黄六白”，即黄鱼、黄鳝、黄瓜、蛋黄、雄黄酒，白斩鹅（或鸡）、鲜白鳓鱼、白切肉（鲜白蟹）、白酒、白豆腐、茭白。

外婆家条件没这么好，只能挂挂艾条，食物更是将就，有啥摆上啥。“五黄”可以是枇杷等黄色食物，黄鱼又是五黄中的“阿督”，“五月五，买梗黄鱼过端午”。“六白”也包括低档次的小白菜等。

“蒲剑斩千妖，艾旗招百福。”端午时，家家户户从菜场买来菖蒲条当作绿箭，与艾条拴在一起，挂在门外屋檐下、门楣上，以禳毒辟邪。跟其他地方不一样的是，据说宁波的这一风俗是为了纪念唐代黄晟：相传在三江口姚江桃花渡江面潜藏着一条猪婆龙，时常兴风作浪，吞食童男童女，残害百姓。为保护黎民百姓，武官黄晟手持长剑，纵身跃入姚江与妖龙搏斗，英勇牺牲，血染江面。为了纪念他，每年端午，宁波城老百姓就用菖蒲做剑，把菖蒲根雕成黄晟将军模样，染上雄黄，挂在门前，祈求黄将军神灵保佑。

当然，考究一点的人家会做香袋、挂香袋，香袋里装的雄黄、樟脑、冰片都是杀毒之物。再地道一点的人家，会将菖蒲条茎切成一段一段的，蘸雄黄粉，用线串成似小人形，下悬彩色布条，挂在家门边、床头前，以驱蚊灭蝇。所以，端午节也是开展除邪（细菌）灭虫（毒疮）保健康活动的节令。

端午节当天的 12 时整，老底子宁波人会到田里捉捕几只癞蛤蟆，放到烧汤的滚水里泡，待水冷却后给小孩洗澡，说这样小孩夏天不会生痱子或疮毒，皮肤摸上去滴滴滑，疮痛皆无。端午节宁波礼俗是毛脚女婿必须送岳父岳母大人一份大礼，“四色”必不可少，多则“八色”。婚前，我未来的婆婆就很重视这个礼节，叫我先生拎着很高档的“四色”给外婆。

那年端午，外婆将自己晒干的毛笋壳（宁波人叫“箬壳”）裹上浸过的糯米，做成粽子吃。现在有人喜欢吃豆沙粽、肉粽、咸蛋黄粽、栗子粽，外婆最喜欢的是用清水浸泡过的豇豆包成的碱水粽子。

碱水粽子的做法：1. 将豇豆、糯米分别洗净浸泡至少 1 小时以上；2. 将浸泡好的糯米沥水，加入食用碱拌匀，拌好的米要呈淡黄色。3. 取洗净的粽叶两片，最好是很大的一片斜折，卷成漏斗状。4. 加入拌好的糯米，按紧实。5. 手指用力将粽叶两边向里按。6. 将上面的粽叶折下，盖好漏斗，并用手指用力压住两边的粽叶（功夫就在压的力道上）。7. 包裹好粽子后将长出的粽叶反折上去。8. 嘴角咬住粽叶边一角然后一撕，变成粽绳绑扎好粽子。9. 用剪刀剪去多余的粽叶。10. 将做好的粽子浸泡在清水中，待全部做好后放入电高压锅，加入没过粽子的清水，按最长时间的那一挡即可。如果是煤气烧的高压锅，大火上汽后，建议煮至少 30 分钟，晾凉后取出食用。

那日傍晚，家里的大锅正在烧粽子，一部分有豇豆的粽子已经快烧熟了，住在镇明路茶水站旁的王阿姨急匆匆赶来讲：“快、快，庄家外婆被黄鱼车撞倒了，现在坐在县学街口。”咋回事体啦？两个舅舅火急火燎地奔过去。

出事后旁边有许多围观的人，大家弄清楚事情缘由后，纷纷指责骑黄鱼车的青年人：“人家老人靠右边走，你从后面冲闯过去，要陪老人去看医生，不能走！”

外婆看了看大家，然后缓缓地对黄鱼车夫说：“刚刚自家还站得起来，还好，还好，你去忙吧，以后踏黄鱼车要当心、当心哦。”

青年人先是愣了一下，然后不好意思地骑着黄鱼车离开了。

等舅舅他们赶到，人群已经散去，只见外婆坐在上街沿，一脸的痛苦，讲：“我下班回家，走在路旁，被后面一辆满载的黄鱼车撞到了，压过脚板面。”

小舅追问：“那骑车的人呢？逃走啦？要叫其赔！”边问边背她上第一医院看急诊，医生拍片诊断：骨折，要上石膏。

医生处理完后，三舅让外婆坐在自行车后面，推着她回家。大家都十分心疼，又追问：“当时，你为什么不扣留那个踏黄鱼车的人？”

“你咋把人放掉。不叫其赔？”

外婆讲：“你们该眼人莫讲了，简直屙背出①，我又不是呆大泡②啦。踏黄鱼车的人是一个穿工作服的青年人，一看就毛手毛脚的，他看见撞倒的是一个老婆婆，满头是汗，心里更加害怕，马上把我扶起来。态度还是好的。”

外婆解释的意思是说，青年人踏黄鱼车已是辛苦工种，黄鱼车不像自行车好骑，而是要“耕”，弯来弯去，他不小心撞了老人已经吓出一身汗，不让他走，无非叫他陪同看医生，付医药费、赔误工费。但这不是给人家雪上加霜吗？

---

① 屙背出：指语言反复、不合时宜的人。

② 呆大泡：“呆”意思是傻子；“泡”意思是没有内容，没用的东西。又作“呆大炮”，貌似威风实际无用。

所以，外婆体恤年轻人，让他走了。外婆有金句：“**给人家方便，也是给自己方便**。”放人一马，其实也是给自己积德，这就是外婆朴素的仁爱之心。跟现在有些老人假摔诬赖好人的行为有天壤之别。没有休息几天，外婆就一瘸一拐地上班去了。

宁波粮站要搞技术革新，设计自动放米机，外婆把自家的门板无偿给他们送过去。外婆说，帮助别人不在于钱财的多少，而在帮助别人的时机和方式，雪中送炭，礼轻情意重。外婆还有金句：“**吃亏就是占便宜，很多事情吃小亏占大便宜**。”

53 关爱弱势群体

月湖周边过去就有许多小巷，如月湖街、宝奎巷、九曲巷、花果园巷、社坛巷等。这些湖东边的小巷，1998 年就开始陆续被拆除改建成公园，小巷边只留下了为数不多的老宅，如银台第、大方岳第、宝奎庙、史浩故居、贺秘监寺、关帝庙、湖心寺、袁宅、杨宅、吴氏宗祠、三板桥巷青石街、小书院巷、天一巷、锦鲤巷、崇教巷、拗花巷、中营巷（清朝廷在西三板桥一带设中营守备署、中营校场等）、右营巷，河对岸还有马衙巷，这些街巷的取名折射出宁波历史文化的内涵。

当时，天一阁的正大门在中营巷明州碑林那一边，而不是现今朝西的大门。天一阁旁有威严庄重的秦氏支祠，有拥有三百多年历史且具有西域大漠风情格调的宁波最古老的清真寺。

花果园巷还有花果园庙等十来幢有历史典故的古宅和名人旧居，下面这个故事就发生在花果园巷。

乌漆大门、黛瓦粉墙、青石台阶、画栋雕梁、砖雕门楣、石质花窗，这些建筑形式在宁波小巷的古宅旧居中都能看到。那些高高的三层甚至五层的马头墙，齐刷刷地昂头朝向天际苍穹。马头墙的建筑形式不仅具有结构美，而且具有防火功能。层层叠叠的马头墙高过屋顶，一旦发生火灾能阻挡火势的蔓延，保护易燃的木结构建筑，这一设计充分显示了古代匠人的智慧。一眼望去，映在蓝天白云下高高耸立的粉白山墙，经常成为画家、摄影师的灵感之源。

住在花果园巷以挑修鞋担为生的孤寡老人过世后，外婆帮他料理了后事。老人无儿无女，他住的一间房子就空出来了。第二天一早，外婆直奔湖西房管所徐站长处，并恳求徐站长不要把这间房子分配掉，说她有用。

徐站长想，庄家阿娘从未向他提过私事，如今十个孩子都长大了，有的还结了婚，20 多口人，房子也确实十分拥挤。尽管徐站长内心是同意的，但还是留有余地地表态："我与副站长他们商量一下，明后天才能答复你。"

第二天上午，徐站长告诉外婆："站里几位领导商量了一下，同意把这房子留给你用，你要先填写一份申请表。"外婆很高兴地讲："那好，你把空白表格给我，我叫他去填写。"

徐站长惊讶地问："等等，你叫谁去填写？"外婆解释说："喔，对不起，上次没有来得及讲，房子是给 16 号夏家的。"

住月岛 16 号的夏家，儿子、女儿都已成人，一家四口住在阁楼上，生活十分不方便。外婆看在眼里，急在心里，只是苦于一直没有房源，现在这里有空出来的房子，可以解决盘在心头的事体，所以就直奔徐站长处了。

这时，徐站长恍然大悟，哈哈大笑道："原来庄家阿娘要房这么急，不是为自家，想到的是别人啊。好人!”

邻居夏家依心依想①拿到这一间房子，解决了四个成人同居一室的困难。夏家嬷嬷梅心勿过②地讲：“人家念佛念一世，勿如过桥石板铺一记③。老主任菩萨心肠，对阿拉比铺过桥石板还要好多了。”

外婆金句：“**茄子弗开花，好汉弗讲假。多行善事、多做好事。**”对弱势群体的态度体现一个人的真实素养，外婆对弱势群体的关爱，彰显出她的人格品质。

---

① 依心依想：指如愿以偿。

② 梅心勿过：指内疚，过意不去。

③ 过桥石板：跨越水沟以连通道路的石板；一记：一块。民间注重实功德，有修桥铺路做好事为求来生（修下世）的说法。

风集龙骧未是才，独惊高节出云来。此君端的吾家旧，争得柴门相向开。

——宋　王亘《竹屿》

蓼汀栖雁忽惊起，一曲渔歌月满舟。

——明　龙子高《月湖四时词》

第十四章　荣誉

全国调解先进

我母亲很佩服外婆的调解水平，她知道外婆让很多对夫妻和好的生动故事。

虽然宁波老话讲“宁使搭儇人①背包袱，勿可搭笨人出主意”，但是，外婆做的调解工作要善于跟所有的居民打交道，这个难度可想而知。不过，外婆乐在其中，并因此获得了“全国调解先进工作者”的光荣称号。

54 澄清出轨真相

镇明路小陈（男方）与小王（女方）要离婚，已经请好了律师，财产分配、孩子抚养问题也已协商好，只等居民会主任来敲章。我的外婆，历来办事爽快的老赵主任，考虑到其儿子正在读二中，心中生了迟疑，没有马上敲章，而是告诉他们要先调查一下。

首先，外婆走访了小陈家，一走进墙门，年过六旬的婆婆（小陈妈妈）泪流满面，恳请老主任做做好事，不要让他们离婚。

这个婆婆说：“媳妇好会当家，也会洗洗涮涮，不是赖孵鸡娘②，对婆婆我也交关好；也不是搭伙证③，我忖忖媳妇不可能

① 儇人：指聪明人。

② 赖孵鸡娘：本指停止下蛋并赖在窝里的母鸡，这里指不修边幅的懒婆娘。

③ 搭伙证：指搭讪和勾引男人的女人。伙，本义为伙食，在粮食控制时期，转移粮食供应关系的证件叫搭伙证，引申为勾搭结伙。证，音“精”。

外面有人。再说孙子交关乖，会读书，娘没了咋办？赵主任，一定要其夫妻和好。是我儿子大亨唔郎，吃饱罗汉，行磨柯运①，误会媳妇了。儿子听不进媳妇的解释，还讲我背时背得②，啰里吧嗦，讲话不中用哦。唉，我实在勿会虚头把气，麻烦老主任一定要劝和。”

我的外婆一头雾水，到底是谁的错？一般婆婆都是咬奶头③，指责媳妇，听这意思难道是其儿子小陈的错？

为了弄清真相，年近七旬的全国调解先进老赵主任，不辞劳苦，三次来到小王单位，通过组织途径和实地调查了解事情原委，甚至观察了这个所谓的“第三者”。

实际上，这个所谓的“第三者”是由组织出面安排给小王的帮教对象。他因年轻气盛，一时冲动犯过错误，坐了一阵子牢，由于底子忠厚老实，所以，厂里还是录用了他。为了尽快帮他抬起头来重新做人，厂里特别安排了业务好、品德好、长相好的“三好生”小王与他建立“一帮一、一对红”的对子。确实，经过小王诚心帮教，本来脱底蛇箩④的“对子青年”长进很快，大家看了也很高兴。

一天，这个帮教对象用积攒下来的工资购买了一辆自行车。为了感谢好心的师傅，也显示自己良好的车技，“对子青年”不

---

① 磨柯运：指霉运。

② 背时背得：指讲话唠叨。

③ 咬奶头：指护短的母亲。宁波民间故事说，有一位母亲从儿子小时起就一直护短，日后儿子杀人越货，被官府捉拿斩首。临刑时儿子要求最后再吃一口母奶，结果儿子一口咬掉母亲的奶头，并告诉她，今天的结局正是母亲一直护短的苦果，所以他恨他的母亲。

④ 脱底蛇箩：指身无分文的底层人。

顾女师傅小王的犹豫，强行拉其上自行车送她回家。路上，师徒俩有说有笑的，正好被小王的老公看到，于是他就怀疑妻子有外遇了。

车间主任一再向老赵主任保证，两人无不正当行为。其他同事也再三表示，说根本不可能，两者若有异常谁都看得到，确实是很正常的同事关系。

经过调查后，我的外婆老赵主任下定决心反对他们离婚。

小王、小陈又来到月岛居民会，说两人已准备离婚，只等开庭宣布。在居民会楼上的办公室，周庭长亲自来了解情况。等当事人都讲完了，外婆说："周庭长，让我讲几句？"

周庭长马上回答："赵主任，请讲。"

经过走访调查，外婆早就有了自己的主张："第一点，我上门，小陈母亲向我讲了具体情况：'庄师母，小王这儿媳妇安分守己，不会出轨的，是阿拉自己儿子的疑心病太重了。小王上落班准时，休息在家做家务，日子安排得有条有理。对我婆婆比亲娘还要好。庄师母，你一定要拉拢两夫妻，千定万定要拉拢呀。毕竟孙子也 15 岁了，为了孙子也不要离婚的。千定万定！'"

"第二点，我又去了小王的工作单位调查。接待我的是小王的车间主任，当时工会主席也在场。调查结果是，单位车间安排小王帮助失足青年，该青年进步很快，不但工作质量大大提高，而且省吃俭用，用积攒下来的工资买了一辆自行车。小青年感激师傅，下班顺带师傅，这也是很正常的事情，真是冤枉他了！小陈怀疑心太重，要与小王分开，实在太可惜了。"

外婆的一席话，既陈述了调查结果，又还小王以清白，小王流下了委屈的泪水。小陈的脸一阵红一阵白，他才知原来是一场误会。

判决日，海曙法院周庭长当场宣判，根据赵主任了解的事实，不予其离婚；还当场叫小陈对小王道歉，小陈红着脸对老婆讲“对不起”，夫妻两人握手和好了。

事后，外婆再三叮嘱两人：“若要夫妻同到老，梁山伯庙到一到。”《梁山伯与祝英台》为中国四大民间故事之一，其他三个是《牛郎织女》《白蛇传》《孟姜女》。著名小提琴曲《梁祝》叙述的就是梁山伯与祝英台的故事。

宋《宝庆四明志》记载梁山伯为鄮县（宁波的前身）人，晋永和年间担任鄮县令，此为中国最早记载梁祝故事的典籍。现今宁波西郊高桥有梁山伯庙公园，建有梁祝合葬墓，外婆总是建议家里的小夫妻要去梁山伯庙看一看，推荐小陈、小王去，主要是想让小夫妻俩感念爱情的神圣。

除了梁山伯与祝英台，牛郎和织女的爱情故事也十分感人。阴历七月初七是七夕节，也是中国的情人节。那日晚上，人们会仰望星空，期盼看到牛郎织女相会。牛郎星也叫扁担星，它由三颗星星组成，中间一颗星就是牛郎，两头匀称地各分布一颗小星，是牛郎挑着的两个孩子。像织布的梭子一样的星星叫织女星。两组星在天河的两边闪烁着。古时，七夕那日，女子们先要设香案祭拜织女，乞求织女赐予巧艺，祈祷姻缘巧配，家庭幸福。宁波老话是这样讲的：“吃吃年夜饭，会会七月七。”七月七这一天叫“金风玉露一相逢”，宁波人同情牛郎织女的遭遇，为了帮助其延长这一年一天的“探亲假”，就想出一个办法：公鸡叫天才亮，那干脆把报晓的公鸡宰了，这样王母娘娘就没法让他俩分开了！所以，宁波老底子有一个风俗，就是七夕节要杀只公鸡吃吃。

55 修理酗酒男人

一年的立夏节气，生了两个女儿的阿玉，被“老酒包①”男人打后，又逃回娘家了。

宁波的风俗是：“立夏吃只蛋，气力多一万。立夏秤秤人，来年不生病。立夏吃竹笋，双腿脚骨健。立夏吃软菜，背脊像门板。立夏吃糯米，夏天不疰夏。”

阿玉是个很会做事的妇人，持家也很好。可是，其老公情绪经常控制不好，特别是在酗酒之后。他的工资一分钱也不交给家里过日子，且酒后发疯，暴打妻子。阿玉被打后经常回娘家养伤。

男人酒醒后，又常后悔不已，登丈母娘家门再三道歉。前几次阿玉心软跟他回了家，主要是想到自己不在家孩子太可怜，心中不忍。谁知男人不知悔改，酗酒后还是会打她。

那天，阿玉本来蒸了倭豆糯米饭，烤了乌笋（宁波人又叫脚骨笋，说吃了会脚骨健），煮了罗汉豆（宁波人叫倭豆，说吃了会头头顺利），还炒了软菜（又叫碁莛菜，说吃了夏天不生痱子，背脊会滴滴滑）。

“老酒包”不知喝了多少酒，回来又打人。这次阿玉受伤很严重，实在受不了了，想想自己的性命要紧，于是决定要离婚。

几日之后，阿玉男人可怜兮兮地领着两个女儿来居民会找赵

---

① 老酒包：指酒鬼。“包”指某一类人，如老酒包、哭作包、杜仲包，含贬义。

主任调解，两个女儿被弄得肮脏兮兮的。外婆叹了一口气，放下手头的活儿，陪同男人到阿玉娘家。

次日，就看到阿玉回了家，忙忙碌碌地收拾起来。大家不由得佩服老赵主任思想工作做得出色。我母亲找了个机会问她调解婚姻的法宝。外婆笑笑，道出原委。

去阿玉娘家的路上，她没闲着，先给男人立了规矩。

外婆问："人倒敦敦样样的，老婆为啥逃走？"男人答："老酒吃醉，又打其她了。是我不对，是我错。"

外婆又问："现在晓得错，晓得不对，你讲咋办？"男人答："老酒不吃。"

外婆说："又狂山武臣，狂性夹脚①，老酒不吃不可能。"男人答："是咯是咯。"

外婆便给他立了规矩："中午不能吃，夜到黄酒最多吃多少，自己控制。"男人答："好咯好咯。"

外婆又问："还有呢？想老婆回来，钞票呢？"男人答："钞票，每个月工资全部上交！"

"唔，这回决心倒有。钞票全部上交，实际上倒不必要。外快留下，算零花钱。"

外婆问："这回不是呵痒嗤嗤②吧？真的想老婆回来？"男人答："想！"

外婆说："好！君子一言……"男人接道："驷马难追！"

到了阿玉娘家，外婆首先替阿玉出气，数落了男人一番：

---

① 狂山武臣，狂性夹脚：指说话浮夸，做事鲁莽。

② 呵痒嗤嗤：挠痒，引申为开玩笑。

“你是头世人①呀？这点道理都不知道。这人老酒吃多变成脑膜炎②，人也倒夜笨③了……”

后来，外婆总结道：“这阿玉不是鞋荸荠④，也不是木器店老板⑤。人其实蛮好，也答应外快给男人当零花钱。只是要求男人吃酒控制好。”

外婆又补充：“吃酒不一定是坏事，关键在于自己。‘老酒包’的丈人也欢喜喝一杯，宁波的酒文化也很深。”

宁波人讲：“黄酒润润，小酒注注⑥。”宁波人认为黄酒的历史比白酒深厚得多。在殷商武丁时期，中国人就已经开始用糯米经多次发酵酿制黄酒了。在周朝，酎酒是祭祀时供天子饮用的最高质量的酒。《礼记·月令》中有：“孟夏之月，天子饮酎，用礼乐。”据说，日本清酒就来源于中国的黄酒。杜康造酒刘伶醉，武松打虎连干十八碗，喝的就是黄酒。外婆说，宁波是黄酒的发源地，而酎酒与它也极有渊源。

宁波黄酒好，还在于一种在四明山腹地生长的“白药”。《鄞县通志·博物志》记载“绍兴产酒虽多，其药皆购自甬坊”，所以绍兴黄酒声名显赫，当年的“核心技术”由宁波提供。唐沈汾的《续仙传》记载，宁波有一个酒业奇人，名叫王可交，三十多岁时遇到仙人赐以仙栗，食后辟谷，携着家人入四明山。二十余年后，出山卖药兼卖酒，药效和酒质俱佳，得钱便施与人。因其

① 头世人：世音“细”。“头世人”指初涉人世的人，没见过世面的人，贬义。
② 脑膜炎：意为过去患过脑膜炎，病坏了脑子，引申为“傻子”。
③ 倒夜笨：指越活越笨。
④ 鞋荸荠：“鞋荸荠”指糊涂低能、语言不清的人。鞋音“啊”。
⑤ 木器店老板：指迟钝的人。
⑥ 黄酒润润，小酒注注：形容宁波人喝酒的样子。小酒，指白酒。

“所酿之酒，世间不及”，所以被称为“王仙人药酒”。

在北宋，宁波当地出产的“双鱼”一度成为贡酒。皇帝饮时见杯中晃动的酒液犹如金色的波浪，赐名“明州金波”。到了南宋，政治中心南移杭州，位于京畿之地的史氏家族影响力横贯整个南宋，更让宁波的黄酒成了社交中的网红。

其时史氏的相府建于月湖，当年月湖船宴极为兴盛，加上月湖有三岛七屿，号“十洲胜景”，所以船宴上的明州贡酒遂得“十洲春”之名，传颂甚广。

懂酒的人都知道，用水质度硬的水来酿酒，酒质容易酸，故水库水、山塘水、小溪水不适于酿酒，一定要对水质进行软化处理。软水是比较理想的酿酒用水，但也并非越软越好，水质过软，酒质容易厚浊而不爽口。最好的酿酒之水是硬水之末、软水之头的交接水。

那件事过了三年，阿玉和男人又生了一个男娃，喜气洋洋。

外婆讲：“夫妻一根年糕一只块①，全部搭好掉咯。打打闹闹是常事，半夜吵，五更好；床头吵，床尾好，最终是吵不开的。”外婆又讲：“**夫妻造孽常事，邻舍拆劝多烦②**。”这个结论跟我做律师的同学的说法很一致，她说婚姻律师最难当，有的头天还信誓旦旦说要离婚，没有任何征兆第二天就和好了，别人为了这个事可能还忙了一整天。

“这婚姻是否有希望，第一看女人本质，第二看管理方式。”这句话是没有文凭的外婆，根据多年调解婚姻纠纷总结出来的。

---

① 一根年糕一只块：比喻搭配相当。块，指糯米团子，做法如年糕，多与年糕同时做成，故常将年糕与块并称。

② 造孽：吵架；邻舍：邻居；拆劝：调解，劝说；多烦：多事，多此一举。

56 劝和一对是一对

孩子们喜欢过年、盼过年，过年意味着有新衣新鞋穿，有平时吃不到的鸡鸭鱼肉可以尝鲜，有花生、瓜子、沙炒倭豆、什锦糖……可是当家人怕过年，过年花钱，得想方设法置办年货，总要一年比一年好。春节是中国人的传统节日，除夕的年夜饭更是宁波人比较看重的大聚会，要全家老老小小团团圆圆，合家欢乐。平常省吃俭用，过年一定要有鱼有肉，缸缸满，甏甏①满，半缸米要盛满，盐甏、酱油甏都要装满。年夜饭前，宁波人会摆上全猪（猪头加猪尾巴）、全鸡供灶神菩萨，因为灶神菩萨辛辛苦苦管了一年灶头，除夕又要上天宫去了，所以要敬一下灶神菩萨，请他“上天言好事，下界保平安”。

外婆家的年夜饭传统菜是汁水年糕汤，再配以其他各种菜肴，因为宁波有“年糕年糕年年高，今年更比去年好”的民谚兆头，年糕汤里加点番薯，“生活翻一番”。吃过年夜饭之后，家里必须要打扫干净，这次打扫干净后初五前是不能扫地的，说是财气不能扫出去。正月初一早上吃汤圆，寓意一家人永远团团圆圆、和和美美。

江北慈城的年糕是极好的，洁白如玉，光滑润口，大小一致，煮而不糊。因为其选料讲究、制作精良：优质晚稻米洗净后用水浸泡三四天或一周，然后用水磨磨成粉，压去水分至不干不湿之态，粉碎后置蒸笼中猛火蒸透，或舂或轧成大小均匀的条状

---

① 甏：音“泵”，指瓮、坛子。

年糕。

因为年糕耐饥，外婆很喜欢吃，她还讲述了一个关于年糕的传说：有个叫伍子胥的名将在慈城一带作战，临死前对部下说："如果国家有苦难，百姓断粮，你们到城墙下挖地三尺就可找到粮食。"伍子胥死后，他的部下被越军包围，城中断粮已饿死不少人。这时有人想起伍子胥的话，就去挖城墙，三尺多深之处果然挖到了许多可吃的像"城砖"一样的年糕。原来当年伍子胥在慈城督造城墙时，已做好了囤粮防饥的准备。

当然这只是一个传说而已。但是，慈城家家户户每逢过年都会做年糕，年夜饭就吃年糕汤来纪念伍子胥。外婆原来是江北人，自然记得这个口耳相传的故事，过年也做年糕，吃年糕汤。

其实，年糕的食用方法有多种，如煮、炒、炸、汤水熬等，关键还咸甜皆宜。孩子喜欢糖炒年糕，"糖炒炒，油爆爆，吃得嘴角生大泡"；成人喜欢荠菜年糕，"荠菜肉丝炒年糕，灶君菩萨伸手捞"；汁水年糕汤鲜美无比，曾经是家家户户除夕夜的必备食物；年糕切片晒干后再炒炒可以当零食吃，手工炒的年糕干价钱更贵些，好吃得停不下来。冬季做早餐为图方便，也会蒸年糕，等洗漱完毕，年糕也蒸熟了，蘸各种酱料即可食用。

由于以前贮藏条件不好，许多居民将年糕切片晒干后贮藏，食用时用水浸上一天即可；有的以水浸贮藏，但必须在冬至前浸泡，可保鲜数月之久。

外婆家过年的传统菜谱上有十多道菜，比如卤肉、熏鱼、牛肉、鱼丸、炸豆腐、拖黄鱼、素甲鱼、春卷、香肠等，这些菜都要在年夜饭前准备好，确保正月初一不动刀。卤肉是一年只烧一次的：切成二寸见方的猪肉同鸡块、猪舌头、猪心等一道放入尺八镬里，加入桂皮、茴香、大蒜、酱油、米醋、糖等作料，足足烧两个多小时，过程中要多次翻肉，保证不烧焦“滞底”。煮的过程中香气扑鼻，做好后制成冷盆菜，等客人来了，就拿出几块。

有些菜一直要吃到清明脚跟，比如香肠。

宁波人流行“咸鱼淡肉”，烧鱼要多放盐。“咸骆驼”就是指口味喜咸的人。民间以为骆驼是吃盐的，耐咸。外婆就经常说自己：“我是咸骆驼，介咸下饭仍旧横拖。”

几十年来，庄家的传统菜没有变。素菜有豆瓣酱、油煎老豆腐、什锦烤麸、红毛芋艿、罗汉豆、烤笋；荤菜有油煎咸带鱼、盐肉、红焖方块牛肉、红烧猪蹄，还有乌贼混子；半荤半素的菜有油豆腐烤肉、黄豆蹄膀肉、雪菜黄鱼等。咸炝蟹、咸菜黄鱼、冰糖甲鱼是高档菜，小时候没怎么看见过，后来日子好了才能吃到。金华火腿，多是坐月子与生病的人吃的。

家贫孩儿苦。限于经济条件，庄家平时很少有这些东西吃，春节才能见到这些美食，外婆还经常东一碗西一碗送给好友和邻居。外婆有金句：“**自己吃求坑（茅坑），人家吃求扬（扬名）**。”这些美食基本上都是外婆亲手上灶烧的，“瑞”字辈子女做火头军，一边烧火，一边在旁观察，如今多数厨艺较好。我们这一辈人吃菜多做菜少，特别是我“讲讲神仙阿爸，做做死蟹一只”，烹调水平实在一般。

年夜饭的主食一般都是汁水青菜年糕汤。年糕、年糕年年高，吃了年糕汤，来年更比今年好。

有一年除夕，全家人都已坐在桌子边上，准备上年糕汤时，外婆却不见了。

有人讲“给隔壁18号孤老陈婆婆送菜去了吧？”去看看，没见人。有人猜“有急事到居民会去了吧？”去看看，居民会“铁将军把门”，一个人也没有。该找的地方都找了，人到哪里去了呢？大家都很着急。

七点多，只见外婆急匆匆跨入大门，满头大汗，脸上却笑嘻嘻的，嘴上说：“事情办妥了，你们等急了吧，开饭吧。”

“言必行，行必果，诚信是万物之本。”这是外婆的为人处世之道。月岛有户人家姓张，多女独子，母亲对儿子娇生惯养。后来，儿子小偷小摸，有了劳教经历，不好找对象。当时，农村姑娘为跳出农门，渴望找一个城市青年，于是对男方人品的要求会低些。小张好不容易找到姜山的农村姑娘结婚，并生有一子。但小张无稳定工作，勿做事体白肚裁①，还有点阿姐式②，也不够体贴女方。为了经济问题，夫妻俩平时常有小吵小闹。为此事，外婆经常教育小夫妻，劝导其家庭要和睦。

前段日子小夫妻为经济问题又闹离婚，小张大打出手，其妻忍受不了，一怒之下，带着五岁的儿子回到娘家姜山。小张几次上门道歉，妻子都不肯原谅。

过年了，小张很想老婆孩子，只能来求外婆，请求居民会主任做好人，帮忙去说说情。“这年三十的，小张木性性③、呒活灵④，老婆不回家，人家肯定要散。所以这事一定要办。走去姜山！”外婆下定决心，屁股一拍，就上路了。

---

① 白肚裁：指吃白食。裁：吃，贬义。

② 阿姐式：指娘娘腔。式，音“室”。

③ 木性性：指呆头呆脑。木：呆、迟钝。

④ 呒活灵：指少心眼的人，也比喻健忘。呒：无；活灵：灵魂。

"今天又是除夕，今天不回家，晚一天就是晚一年。"所以，外婆不顾家事繁忙，跑去姜山帮小张接老婆。

小张看外婆介忙，嘴巴青肿（刚拔了牙），为省时省力提出打出租车去。外婆知道打车要 30 元，小张本来经济条件就不好，于是坚持要坐公交车，这样来回只要 4 元。

一进门，丈人见女婿又来了，开口便骂"裙脚毛蟹又来了"，想把他骂回去，却见后面跟着一位老婆婆。再一看是上资上格①的老主任，口气就软下来了，叫女儿倒水："赵主任是前辈，快到上横头②坐。"

女方一边给外婆看乌青墨斗的手臂，一边哭诉小张如何如何不好，篮甩筲箕③，生活习惯一点也不好；灶跟无赖④，上了正经场所，一眼花头也没有；讲讲纯劲道，做做瘟跌倒，咸核青果⑤一个……外婆耐心倾听，不时插几句表示理解，让其将苦水一一倒出。

外婆暗暗观察，女方条件不错，父亲做食堂，母亲开小店。

"做官勿断杭州路⑥，做囡勿断娘家路，囡回娘家也是很正常的。"外婆讲，"小张是'活灵反背，屙咋灶头⑦'。"随即说明来意，并叫小张当场向妻子保证，向丈人、丈母娘赔礼道歉。小张怎么讲话，都是一路上外婆一句句教他的：要有保证有承诺，保

---

① 上资上格：有资格、上品格的。

② 上横头：正座。设于座席上方，座位横摆，朝外，陪座则置于两侧，直放。

③ 篮甩筲箕：乱甩乱扔。

④ 灶跟无赖：只敢在家里发威的人。灶跟：厨房。

⑤ 咸核青果：只会说不会做的人。

⑥ 杭州：省城，意为靠山；路：指经常接触来往，也指关系。

⑦ 活灵反背，屙咋灶头：意为"灵魂出窍"，行为反常。

证今后不再开口骂人，更不动手打人；态度要诚恳，检讨要深刻。

外婆尽力劝和，说“一日夫妻百日恩”，女方最终被外婆打动，整理小孩衣服准备回家。但毕竟丈母娘心疼女儿，依然拦着女儿不让她走。老丈人看小张从来没有做过这么深刻的检讨，又有老主任担保，当场拍板说：“今末子①，老主任头发雪白，刚拔牙齿血还流着，三十年夜不顾自家生活，大老远跑来姜山调解，就算给老主任面子，囡也要回家。”

小张这时候“脚末头踢得像兰花倭豆”，真真开心煞。外婆有金句：**“宁可劝和一对是一对，不可拆对夫妻拆座庙。”**一家人过年团圆了，外婆的心事也就放下了。

57 帮教举刀后生

大家都知道，语文教科书里贺知章的《回乡偶书》：“少小离家老大回，乡音无改鬓毛衰。儿童相见不相识，笑问客从何处来。”宁波人贺知章（约659—约744年），字季真，晚年自号“四明狂客”“秘书外监”。其实，《回乡偶书》有两首，另一首为“离别家乡岁月多，近来人事半消磨。惟有门前镜湖水，春风不改旧时波。”古诗中的“镜湖”就是外婆家门前的月湖。为了纪念贺知章，宁波市区有座位于柳汀街150号的贺秘监祠，就在外婆家正门湖对面。

贺知章比李白年长很多，他很欣赏李白的诗才，曾赞誉李白

① 今末子：今天。

为“谪仙人”，两个人可以说是忘年交。两人都爱酒，他们喝酒的故事被杜甫收录在《饮中八仙歌》① 中，关于李白的部分是众人熟知的“李白一斗诗百篇，长安市上酒家眠，天子呼来不上船，自称臣是酒中仙”。《饮中八仙歌》直接将贺知章列为“八仙之首”：“知章骑马似乘船，眼花落井水底眠。”关于两位诗仙、酒仙的友情还有一段佳话。

天宝三年（744 年）正月初五，贺知章告老还乡，李白深情难舍，写诗《送贺宾客归越》：“镜湖流水漾清波，狂客归舟逸兴多。山阴道士如相见，应写黄庭换白鹅。”贺知章回到家乡不久便仙逝，李白写下了《对酒忆贺监》二首②：“四明有狂客，风流贺季真。长安一相见，呼我谪仙人。昔好杯中物，今为松下尘。金龟换酒处，却忆泪沾巾。”“狂客归四明，山阴道士迎。敕赐镜湖水，为君台沼荣。人亡馀故宅，空有荷花生。念此杳如梦，凄然伤我情。”金龟换酒，挚情深厚。在《重忆一首》诗中，李白还念着：“欲向江东去，定将谁举杯。稽山无贺老，却棹酒船回。”

当时在长安的贺知章名气很大，唐玄宗李隆基曾赋诗送行太子宾客 86 岁的“劳动模范”贺知章，在《送贺知章归四明并序》

---

① 《饮中八仙歌》：知章骑马似乘船，眼花落井水底眠。汝阳三斗始朝天。道逢曲车口流涎，恨不移封向酒泉。左相日兴费万钱。饮如长鲸吸百川，衔杯乐圣称世贤。宗之潇洒美少年。举觞白眼望青天，皎如玉树临风前。苏晋长斋绣佛前，醉中往往爱逃禅。李白一斗诗百篇，长安市上酒家眠。天子呼来不上船，自称臣是酒中仙。张旭三杯草圣传，脱帽露顶王公前，挥毫落纸如云烟。焦遂五斗方卓然，高谈雄辨惊四筵。

② 序言全文：“太子宾客贺公，于长安紫极宫一见余，呼余为‘谪仙人’，因解金龟换酒为乐。殁后对酒，怅然有怀，而作是诗。”

中写道："遗荣期入道，辞老竟抽簪。岂不惜贤达，其如高尚心。寰中得秘要，方外散幽襟。独有青门饯，群僚怅别深。"同乡人南宋宰相史浩在《游东钱湖》中提到贺知章："于今幸遂归湖愿，长忆当年贺监游。"

南宋绍兴（1131—1162 年）年间，宋金的军事对立稍有缓和，宁波的行政长官莫将在月湖畔寻访到贺知章读书的故地，并创建了逸老堂。几经变迁，至正十九年（1359 年）江浙行中书省理问邱楠来到庆元（宁波）修理馆舍，于驿馆的东面修了三间房屋，专祀贺知章。明代洪武年间（1368—1398 年），月湖驿站南北馆合为一驿，又重建贺秘监祠。天启六年（1626 年），郡守王念祖定下规矩，每年都要祭祀贺知章，还要写入祀典。现存贺秘监祠建筑为清同治四年（1865 年）重修的。

浙东史学大柱全祖望，不仅重建了贺秘监祠，而且篆刻碑文赞美："斯人爽气世所尊，故宅荷花尚有存。十洲之水清且沦，'双鱼'酒熟香满樽。生为游仙死为神，越人争公亦已勤。萧然毛生尤谆谆，捋扯贤哲空纷纶。我参旧籍综旧闻，侑公吴语倘不嗔。"后又为祠堂撰写一副很长的对联："两命哪足荣，为卜含元殿上，六驭匆匆，彼高尚心情，不若投簪竟去。重湖伊可乐，至今偃月堤前，'双鱼'湛湛，纵凄凉江海，犹能骑马闲来。"史学家张岱途经宁波，写下四篇旅游笔记，其中《日月湖》中提及贺秘监祠："宁波府城内，近南门，有日月湖……日湖有贺少监祠。"

言归正传，没有拓宽的柳汀街，两辆车交会都十分困难。一个夏天的中午，在柳汀街的贺秘监祠前，只见一个赤膊的后生，手里拿着一把菜刀，气势汹汹地追赶一名中年妇女，大有一刀劈过去之势。

旁边的人脚娘肚吓得刮刮抖①，一哄而散。200 米开外，有上百人围观，交通已严重堵塞。此刻，一位白发老婆婆穿过人群，朝这个后生直奔而去，她挡在后生面前，大声一吼："小赤佬，把刀放下！"

刚才还杀气腾腾的后生，被这位白发老人一声吼镇住了，把刀抛在地上，口里仍喊着："今天我嫑做人了，一定要和其（她）同归于尽！"

老人一把拉起后生的手，朝天官殿弄堂走去。围观的人一时还不明白这是怎么一回事，心里嘀咕：这白发老人有什么本领？是华蓥山的双枪老太婆下山了吗？怎么刚才还杀气腾腾不要命的后生，一会儿就束手就擒跟她而去了？

"六月日头，晚娘②拳头。"这宁波老话形容十个后娘，九个狠心。六月的燥热，跟后娘的拳头一样毒。原来这后生要劈的就是其后娘，究竟咋回事体？

原来，后生的亲生母亲去世得早，继母进门刚开始还好，后来自己生了儿女，就与其不对付了。后生穿的是补丁加补丁，吃的是弟弟妹妹吃剩的，有时还受冻挨饿。他看在眼里，记在心里，随着岁月的流逝，怨恨越来越深。看着弟妹吃这吃那开心的样子，自己却没份儿，后生就开始小偷小摸，从邻居家拿些东西去换钱。日子久了就被发现了，邻居来告状，父亲问都不问，就是一顿毒打。所以，宁波老话讲："有了晚娘，就有晚爹。"

---

① 脚娘肚吓得刮刮抖：意思是"吓死了"。脚娘肚：小腿。

② 晚娘：后娘。

晚娘恨不得一脚把后生踢出家门，对他越发不好。这个后生遭父亲毒打后，偷窃的毛病并没有改，后因屡教屡犯，由派出所送到少年劳教所。从劳教所出来后，脸面尽失的父母更是看他不顺眼，晚娘变本加厉，七七敲，八八念①，甚至有时骂其“牢监胚”。

作为街道调解主任的外婆，经常去他家劝说，对其晚娘讲：“亲娘、后娘总归娘，家中子女总要一视同仁，歧视他是不对的。”劝后生讲：“年纪大起来了，要懂事了，帮家里做些家务，不要重犯错误。”

经过调解，双方关系缓和了一段时间，之后矛盾又发生了。邻居也纷纷反映后娘太刻薄，这个孩子之所以变坏，她有很大的责任。

外婆经常去看望后生，送些东西给他；中学休学后，叫他到居民会来帮忙做些义务劳动；到了工作年龄，帮他介绍工作。后生多次对外婆讲：“老阿婆，侬关心阿拉阿拉会听侬的话，会好好工作，来报答侬。”他哽咽着说：“侬比自家外婆还要好。”

这一次，又是为了几句话的冲突，他们的矛盾终于大爆发了，出现了后生一边骂骂咧咧“这种癫老戎②、吊脸鬼③、矮铜鼓④、

---

① 七七敲，八八念：形容十分唠叨，且带着恶意。

② 癫老戎：指表现失态、手舞足蹈的女人。癫：心急而失态的行为。老戎：老婆。

③ 吊脸鬼：指令人啼笑皆非的人。吊脸：戏剧中化妆开脸，意为又要当鬼又要美化自己。

④ 矮铜鼓：指矮而胖的人。铜鼓：皮鼓，以其形似。又称“矮笃鼓”，笃鼓是指戏曲中的板鼓。

十三点木屐鞋①甩出，只有闲白值②乖”，一边拿着菜刀追着去劈后娘的一幕。

外婆把后生拉到天官殿家中后，严肃地对他讲：“用刀劈娘交关不对、犯关③错误，如果刀劈伤人，或者劈死人，这个后果你考虑过没有？一失足成千古恨，再回头已难回身。一念之差会带来终身的祸害。你年纪轻轻，目前也有了工作岗位，一定要珍惜自己的一切，争取自家的前途，将来还要讨老婆呢。”“千定万定记牢！千定万定。”

后生到家后，慢慢冷静下来，“逐魂头④”一个，也感到后怕。他觉得特别对不住经常关心劝说他、一次次给他介绍工作、安排集体宿舍的赵主任，他保证今后再也不做这样的错事了。

一场风波平息了。不过对于后生，外婆的威信不是通过一时一事建立的，而是因为多年关心、爱护他，所以才可以在关键时候一声吼，把他镇住。

外婆有金句：“**人人都会犯错，犯错都是有原因的。人人都想要好的，人人都会向上的。**”外婆结合自己的观察与人生阅历所做的分析很精辟，对一个犯过错误的青年不能歧视，不能一棍子打死，要多给他出路，要带他展望未来。

---

① 木屐鞋：木拖鞋，一不小心就会甩出，比喻说话举止常越矩。

② 闲白值：不是讲正事的话，八卦、闲聊、闲扯。

③ 交关、犯关：宁波人的程度副词，犯关比交关更厉害。犯关有时含贬义。交关为中性词。

④ 逐魂头：指萎靡不振的人。逐魂：像白天老打瞌睡的猫头鹰。逐：又有局促，多余的含义。做事不大方、不合群的人也称逐魂头。

58 防人之心不可无

前文提到外婆善于做人的思想工作，主要得益于她善于察言观色。她虽然没有学过心理学，但是能够从实践生活中总结规律，通过人的行为推测其心理状态，推测出人的品质与性格；反过来，也能根据人的品质、心理推测其行为。她常说，一个人的内心活动会通过外部特征表现出来，因此通过外部表情可以窥探其内心。外婆不仅在生活中修炼出看人很准的本领，她还教育子女，不能轻信于人，否则容易上当受骗。

有一天，天色将晚，三舅下班回家，随手就把工作包、雨衣放在房门口的竹椅上，那时只有大舅婆在房里，于是三舅就去和她聊了几句。大舅婆讲："阿姑还没回屋里，估计又在加班，侬上班蛮辛苦喔，好回去了。"三舅与大舅婆道完别就退了出来，准备拿包回屋，这时突然发现工作包、雨衣都不见了，心里一惊：是谁拿跑了？

正在四处寻找时，外婆从月岛 18 号调解回来。三舅马上讲："我的包不见了。"外婆赶紧帮忙一起找，突然，她想起来，刚在 18 号门口好像见过一个满脸胡子的老头，背着一只编织袋讨饭，可能是他拿了！

她和三舅马上追出去，可是外面连个人影都没有了。外婆问："包里有啥东西？"三舅着急地讲："主要是工作笔记、有关文件、BP 机，现金倒不多。"外婆讲："工作东西顶要紧了，包再也不能随意乱放。夜晚摘腰花人①多了，害人之心不可有，防人之心不可无，一定要随时提高警惕。”

三舅脸红了，从此以后他小心谨慎，再也没有遗失过东西，对于外婆的这个关照他时刻记在心上。

一星期后，外婆在路过桂井巷治安岗亭时，看见一个背编织袋的老头，应该就是那天在18号墙门里路过的人，就笑着上前问他：“老先生，上礼拜是否捡到一个包？”老头假装听不懂，急于想走开。

刚好治安亭的值班人出来，认识我外婆，讲：“赵主任，有啥事体啦？”外婆笑笑讲：“这个老人好像是上星期碰到过，是否是他拿的包，还不晓得。”外婆有金句：**“打蛇打七寸，讲话讲七分。”**所以，外婆讲话从来不过头，用词也很讲究的。

治安亭值班人员就把老头请进值班亭，问他：“你袋里装的是啥东西？”他低头回答说：“一眼（些）破破烂烂。”值班人员顺手把袋拿了过去，把袋里的东西全部倒在桌上。确实是一些破破烂烂，最后“扑通”一声，有一只BP机和一串钥匙掉了出来。值班人员就问道：“这BP机是谁的？号码多少？”老头说不出。外婆打电话给三舅，问出BP机的号码是2668，呼叫该号码后，BP机“滴滴”响起来。

物证就在面前，老头无话可说。审问之下，老头坦白讲，工作包和其他笔记本之类，都被他抛到火车站旁共青桥下的河水中了。之所以钥匙没有抛掉，是觉得可能还有机会拿点别的东西。

通过这件事，大家对外婆更加敬佩，她的观察、联想、分

---

① 摘腰花人：指小偷小摸的人。

析、判断能力之强，可见一斑。她在月岛18号见到他，已是傍晚，而且只是瞟到一眼。老头乘傍晚大家烧菜做饭之际，挨门挨户过，应该是见到什么可捞的就顺手牵羊。事隔一个星期后，远远看到老头，外婆就能判断这人就是上个星期在月岛18号见到的，证明外婆记忆力超强。

无独有偶。又一个傍晚时分，大家吃好夜饭，呒告事体①在湖西河边消闲溜达，享受宋代诗人刘珵《咏西湖十洲·柳汀》"江渡隋堤千万缕，年年折尽最长条。谁知烟雨汀洲晚，闲舞东风拂画桥"的美景。

穿着拖鞋的四舅忽然看见自家大门里走出一个陌生的叉眼②青年，这人见门口有人，又止步退了回去，一会儿又从门里探出头来，弹弹衣裳领口的肤壳衣③就快步走出门了。

四舅想："这人是谁？"遂想进门去问，谁料门推一半就推不开了，一看门后有一只皮箱子，就知道大事不好：这个小棺材④莫非是贼骨头⑤？四舅急急忙忙追去，可是这人逃得交关快，眨眼已过转弯。四舅抛掉拖鞋，赤脚追赶，追到桥头，已经上气不接下气，前头的人也不见影子了。

没办法，四舅只好回来，检查丢了什么东西。一看皮箱是二舅的，估计小偷摸到二舅的房间，偷了几件衣服，再顺带一只小皮箱，见门口有人就放下皮箱逃走了。幸亏门口有人，重要东西

---

① 呒告事体：没啥事，一点事没有。
② 叉眼：戴眼镜的人。
③ 肤壳衣：皮屑。
④ 小棺材：小鬼。
⑤ 贼骨头：小偷。

未被偷走，因为皮箱里的工作材料，比几件衣服要贵重几百倍。

因为这个事，外婆再一次教育大家，无论出门还是在家，一定要有安全防范意识："害人之心不可有，防人之心不可无，不能放松警惕性。"

现在中国经济发展了，大家都富裕了，又进入了电子支付时代，身上、家里的现金变少了，小偷好像变少了，但是各种诈骗的方法层出不穷，群众千万得有警惕性。

59 宁波方言精彩亮相

外婆工作高效、举重若轻，给我的印象很深。她似乎肚子里有一本账，不管有什么事，都不是很焦虑，外出一趟就能妥善处理。不像我们后辈，生怕忘记，随时要记笔记，但凡有会议、活动就紧张，唯恐出差错。

每年学雷锋日，外婆总能结合军警民共建组织诸多活动，比如请一些各领域的能工巧匠为全岛的居民服务，特别关照弱势群体、特殊人群。1995 年 3 月 30 日《海曙报》刊登天涯写的《军警民共建为民服务》① 一文如下：

三月七日，镇明路三百二十九号、三百三十三号路旁人声鼎沸，一组军警民共建学雷锋的队伍正在为民服务。这是由月岛居民会、海曙区公安分局团支部、街道、派出所、湖西卫生院、房管站、宁波市政工程处、宁波市环卫处、市老干部局等十余家单位联合组织的。省十大杰出民警楼朝霞同

① 天涯. 军警民共建为民服务［N］. 海曙报，1995-3-30（2）.

志也在其中。

月岛居民会自一九八六年始牵头进行军警民共建为民服务，每年于三月和九月举行两次。该居民会自一九九一年起已连续四年评上市级军警共建先进单位。当天的为民服务有户口咨询、健康顾问、裁剪、修补搪瓷、理发、修自行车、修皮鞋、测身高体重八个项目。总服务达一千余人次。

还有一篇文章是1995年5月10日发表在《宁波日报》上的《月岛新谱文明曲》，作者署名余建文。

近两年来，在月岛居委会的带动下，月岛居民开展了创建“文明岛”的活动，吹拂起一阵阵文明新风，涌现出一个个动人的故事……

为创建环境安全、整洁的“文明岛”，该居委会从1993年开始，统一清理住宅区的垃圾、杂物，挨户检查电线、电表，发现外来人员及时查问。去年初，一居民放在桌上的一只公文包和BP机不翼而飞，附近的大妈回想起有个陌生人来过，可能是窃贼。过了两天，那个人又在月岛出现了，被之前撞见他的大妈发现，送进了派出所。一查，果然是窃包的小偷。几年来，岛上没有发生过一次火灾或大的治安事件。居民们戏称：“阿拉这里是‘安全岛’。”

建设“文明岛”，就要为居民办实事。居民会的干部将居民的冷暖记在心头。居民会干部赵大妈发现月岛一对年轻夫妇，闹离婚吵架，妻子跑回娘家，她一次次上门劝解，明晰事理。大年三十，赵大妈不顾刚拔了牙，身体虚弱，从宁波赶到姜山镇找到陈妻，劝她回去吃团圆饭。终于使夫妻重归于好。迄今为止，经赵大妈调解，已使五对婚姻濒于破裂的夫妻重新开始了美好的生活。

原街道蒋书记也很欣赏老赵主任，他最喜欢讲外婆在先进表彰会上的事："在上千人的宁波人民大会堂，一个干净的老婆婆走上台，吸引了所有目光；她用宁波方言发言时，全场鸦雀无声。发言一结束，掌声雷动，持续了好几分钟。"他感慨："一直悬着的心总算放下来了。"

1988年的一天下午，外婆下班回来一坐下就对我母亲讲："大妹，你拿支笔、拿张纸来，为我写两句话。"外婆虽平时是个举重若轻的人，但这次我母亲明显感觉到她有些紧张。

"为啥事体？"母亲拿来笔准备写字，随口问了一句。

"今末子，汪科长来讲：'姆妈，不是我不放心，而是这次会议交关交关重要。宁波市司法系统工作先进事迹表彰交流大会在宁波人民大会堂举行，一千多人参会，还有很多领导、干部，侬是代表阿拉海曙区居民委干部发言的，所以，最好在明天下午，侬到街道会议室预先讲一次，给阿拉领导听一听，好吗？'"

老汪就是长生阿姐的先生，我母亲的堂姐夫，当时他从空军部队转业回宁波，当了海曙区司法局的科长。母亲就根据外婆口述，简单地写了几句提纲：

尊敬的各位领导、同志：我是月岛居民会主任赵照云，今天我就是把平时做的工作向你们汇报一下：一、镇明路×号小陈与小王的故事。二、柳汀街×号阿玉的故事。三、月岛×号阿康的故事。四、树巷×号何家的故事。……

虽然街道领导决定派外婆作为先进典型在宁波人民大会堂发言，但是他们也很担心：一是担心她文化程度低、识字不多，讲不好；二是担心她第一次在这么大的场面发言紧张；三是担心她在市领导面前出差错。

至于外婆在宁波人民大会堂的发言效果到底如何，还是称外婆为“阿娘（妈）”的派出所民警小陈和房管站徐站长告诉我母亲的。

“那天会议确实很隆重，领导都坐在主席台，整整齐齐的。大会上第一个发言的是一位教师，阿拉数了一下，她有六张发言稿。第二位发言的是一位司法局干部，他也有四五张发言稿。接着就是阿娘发言了。”

“阿拉看见，她上台只拿着一张薄薄的纸头。看到满头白发的老婆婆上台了，全场马上安静下来。阿拉两个人紧张得两腿发抖。阿娘一开口，声音很洪亮。发言时一、二、三、四讲得有条有理，故事真实生动，干脆利落，非常感人。她话音刚落，台下的鼓掌声比之前的更响亮了。阿拉两人的心也放了下来，阿拉阿娘介伟大了。”两位由衷地赞叹。

蒋书记一直称呼外婆是“老赵”，后来又讲：“十几年过去了，我依旧记忆犹新，历历在目。那天老赵发言成功了，交关赞，我这才放心，心底交关佩服。因为她的发言，不是照文宣读，也不是什么豪言壮语，而是和居民会同事一起实实在在、具体做出的一件件事情和取得的成果。老赵，普通话不会讲，石骨铁硬宁波话发言，照样有感染力。”

对于那天的发言，外婆笑笑，讲出金句：“**少讲为妙，多讲伤料。简单扼要，零头掳掉**。”遇事时，外婆喜欢先听别人的看法，再观察观察，最后发表自己的意见。

凡事预则立，不预则废。外婆经常教育小辈：“行行出状元，工作顶顶要紧。”看到孩子们个个工作认真，她很支持，很会点赞："上班去，好嘛。""去加班，好嘛好嘛。"外婆有金句："**领导看中侬，好好努力，不能让领导坍台**。"后来，她拿到了全国调解先进工作者的荣誉证书，人生中唯一一次去了北京领奖。

60 举贤不避亲

芒种节气，栀子花开后，江南进入多雨的黄梅期，这段日子闷热、湿黏。有人说此际麦黄梅熟，故谓"黄梅雨"；有人说霪雨不止，百物霉腐，宁波俗称"霉雨"。多愁善感的人，在这样的天气里会泛起"凄凄惨惨戚戚"的情绪。确实在这个时节，南方人很难有好的心情。

宁波杨梅可食用的季节很短，"夏至杨梅满山红，小暑杨梅要出虫"。五月杨梅已满林，不过倘若遇上小年，那一颗杨梅就价值不菲。因为杨梅成熟采摘的时间也就 15 天左右，这时赏杨梅、摘杨梅、买杨梅的人摩肩接踵，络绎不绝。杨梅若离本枝，两三天就色味尽去。所以，古代有诗人感慨："旧里杨梅绚紫霞，烛湖佳品更堪夸。自从名系金闺籍，每岁尝时不在家。"若遇上一场大雨，不少杨梅将被打落在地，令梅农心疼不已。可谓"谁知盘中杨梅，也是粒粒皆辛苦"。

每年外婆都会将杨梅泡在高度白酒里，三伏天再拿出来，等舅舅们劳作归来，喝上一小杯，消暑解腻，或者请客人品尝。外婆说，用酒浸泡过的杨梅可以止泻，可以调理肠胃，还可以祛湿等。

1994 年江南的黄梅雨季，依然让人很不舒适，此时外婆的心情更是糟糕，事情跟我母亲有关。因为外婆还没想出法子，劝说其二女（我的母亲）接任居民会主任。

外婆已经向 80 岁迈进了，总不可能干一辈子吧！她退下来后，谁来接班？其实，外婆已经有了主意：让二姐瑞雪接她的班。这得到了街道领导的同意，问题是我母亲坚决不想接任。

“依‘吃饭吞，走路奔’终日劳碌还不够，为什么要阿拉接任这个‘万众人可以随时随地找你、要求你’的工作呢？”我母亲讲。任凭外婆怎么说，她反正一千个不答应，一万个不乐意。

那么，街道领导为啥乐意我母亲接班呢？因为 1993 年我母亲退休了，她也是当过中层干部的人，先前在月湖旅社当过一年经理，创造了短时间扭亏为盈的业绩。

居民会下属的月湖旅社就在月湖边上，虽然装修不咋样，但是地段好，消费也便宜。它距宁波火车南站和汽车南站这么近，人流量大，风景又好，为啥原先一直亏本呀？

经过一周的观察，我母亲马上明白了究竟，找到了问题症结，就开始着手整顿，修订制度、改善管理，终于使月湖旅社实现了当月盈利、当年度扭亏为盈的目标。

那问题究竟出在哪里？“两个收银员换班时，没有交接清单，这里就存在财务漏洞；一个中层随便将集体的茶叶装进自己的袋里，还热情地问：‘经理你要吗？我帮你装。’我笑笑讲：‘我不吃茶叶，然后转身离开。’”

我母亲不动声色，更不着急批评谁，而是耐心地找出所有的管理漏洞。经过两周酝酿，瑞雪经理开始着手改革制度：如两位收银员当班，一人收钱且必须开好发票，一人记录并核对发票；如卖废品两人接手，背靠背，公私分明；新设立奖励制度：如果当天客满后在饭厅加床一张收费 2 元，可以奖励两当班员工 1 元，另外1元归公，每月结算一次。这样明当当提高收入，大家的积极性立马被调动起来了，开始挖潜力增加床位，清理放杂物的储藏室和放垃圾的杂物间，2天就整理出8个床位并将其全部打扫干净。

瑞雪经理的管理方法很值得借鉴：她没有开除任何一个人，也没有批评任何一个人，对以往的事情一概不追究，只是发挥制度的作用，让大家有章可循，积极性提高。体制机制的重要性可见一斑。之后，大家每月的收入渐涨，这个居民会经营的月湖旅社的经济效益创下街道排名第二的纪录。街道上下对庄瑞雪，月岛居民会原主任的二女刮目相看，所以，在外婆即将退休的时候，街道领导同意外婆的举荐，由其二女庄瑞雪接班。

居民会改选的日子一天天近了，这个一贯听话的女儿居然不同意，咋办？外婆心想：肯定是她政治觉悟还不够高，还想当这个经理。我母亲的退休工资是每月139.50元，经理与居民会干部一样每月150元。但是，居民会工作事关千家万户更为重要呀，主要是我母亲从小在月岛长大，婚后很长一段时间都住在月岛，一直跟着外婆，非常熟悉岛上居民的各种情况，当这个居民会主任最为适合。但是她不同意，咋办？

外婆急得病倒了，躺在床上，看着我母亲进进出出伺候她，心生一计："绝食"。

外婆用了这个"苦肉计"，没过三天，我母亲只好乖乖就范，勉为其难地答应了，通过一系列的程序后就走马上任了。1996年《宁波晚报》中《离婚问题特别报道》专栏的一篇文章，可以证明我外婆的举荐是正确的。全文①见下：

有些青年夫妻闹离婚，本来没有什么原则性的是非之争，双方往往为了小事在一时气头上红了脸。这时旁人切勿火上加油，而亟需去做“和事佬”，善意和得当的调解往往是翻脸夫妇的黏合剂。

今年春节后一天，海曙区月岛居民会的庄瑞雪阿姨的办公室来了一对青年夫妇小朱和小吴，两人声称已经达成离婚协议，要到居民会办手续。当庄阿姨得知两人欲离异的主要原因在于小朱家庭看不起小吴是再婚的安徽农村姑娘，庄阿姨判断两人只是在气头上才要闹离婚，便耐心告诫他俩：“父母离异对孩子造成的伤害比失去父母还要大。你们要为6岁的孩子考虑啊！”

稳住两人后，庄主任和居民会的毛金兰阿姨一起来到小朱的家中，当她们得知小朱的母亲对小吴经常寄钱给安徽前夫的两个女儿持有异议后，两个阿姨开导朱母：“这也是小吴应尽的义务。倒可看出这姑娘重情重义。再说她并没有亏待你的孙囡啊！你的孙囡要是没了母亲，她会感到幸福吗？再说小朱当初是喜欢小吴才跟她结婚的。你若是再嫌弃，不是爱而是害了你的儿子啊！”一番话入情入理，说得小朱一家连连点头称是。

做通小朱一家的工作，庄主任又骑车来到开小店的小吴处向她转达了婆婆的态度。第二天，在两位阿姨的劝解下，

---

① 纪敏．小两口若“红”了脸　亟需“泼水”勿加油［N］．宁波晚报，1996-11-18（4）．

小吴和小朱终于打消了离婚的念头，双双回家了。

家庭是社会的细胞，多一个和睦的家庭社会就多了一分安定。

还有一篇刊登在1998年9月17日《浙江日报》第五版的新闻报道，题目是《母女二代情满月岛》①，作者是当时的海曙区委办公室副主任郑世晟，全文如下：

在海曙区风景秀丽的月湖中央，有一个满月状的小岛——月岛。在这个宁波市级文明小岛上，流传着月岛居民会母女两代献身居民会工作的动人故事。

母亲赵照云今年81岁了。她从1952年参加居民区义务巡逻开始，就和居民会结下了不解之缘。老年人都知道，赵家阿姆（居民们都这样称呼她）可是个了不起的人物。在五十年代，她一个人领着孩子，工作不分日夜，把月岛管理得井井有条，成为宁波市区一颗明珠。赵家阿姆是个热心肠的人，爱管闲事。有一对小夫妻，因误会发生了矛盾，妻子一气之下回了娘家，闹起了离婚。赵家阿姆眼看着好好的一对夫妻要拆散了，心里很着急。她先做男方的工作，再一次次到女方家去。女方家里人不让她进门，嫌她多管闲事，可她不气馁，一连跑了20多趟，终于感动了女方，最后双方重归于好。在赵照云“执政”的43年里，月岛上无一离婚案发生。

1994年夏天，赵照云已经虚岁77岁高龄了，街道领导找她谈话，希望她卸任后，让她二女儿庄瑞雪来接替她的工

① 郑世晟．母女二代情满月岛［N］．浙江日报，1998-9-17（5）．

作。当时，庄瑞雪刚退休，可她听说要接母亲的班，却坚决不肯。她从小就看到母亲风里来雨里去，没吃过一顿安稳饭，没睡过一夜安稳觉，看到女儿这种态度，赵照云可生气了，她一连几日不吃不喝，直到女儿答应去试试，母亲的“病”才好了。

庄瑞雪上任后，继承了母亲的好传统，辖区内有个7岁的孩子家里没人照顾，庄瑞雪就热心地为孩子联系学校，并担起了照顾孩子的重任。她还利用自己的文化优势，把居民区的工作提到了一个新高度，深受居民尊敬。人们说，这母女两代，风雨半世纪，为月岛居民操碎了心。

确实，我母亲继承了外婆的“衣钵”，继续服务月岛的居民。事实证明，举贤可以不避亲，外婆的思想境界一流，眼光决策一流，策略方法也是一流。付出的未必马上有回报，但有了前期的积淀，终会“运道来了推不开，烤熟毛蟹爬进来”。

秘书入道祠还在，丞相封王事已空。依旧春风杨柳绿，行人来往自匆匆。

——明　成矩《四明驿馆》

第十五章　搬迁

杨柳依依草木青

市政府改造月湖景区，月岛人家全部要搬迁了。

“碧玉妆成一树高，万条垂下绿丝绦。不知细叶谁裁出，二月春风似剪刀。”这首妇孺皆知的唐诗，正是饮中八仙之首贺知章的《咏柳》。唐代诗人韩偓也写有《咏柳》诗：“袅雨拖风不自持，全身无力向人垂。玉纤折得遥相赠，便似观音手里时。”确实，月湖边生长最多的树木就是杨柳树，每到柳絮纷飞的时节，气候宜人，浪漫多姿。下面讲讲湖面上的故事。

61 中秋龙船竞渡

古时，月湖上有一项重要的休闲文化活动，叫龙舟竞渡，这原是纪念战国时期屈原传承下来的风俗。竞渡，就划船的人来说，是体育；就岸上观众来说，是休闲。月湖竞渡，有资料可考，当从南宋开始。

北宋徽宗时，宁波人楼异到明州任郡守时，明州造船业十分发达。那时龙舟竞渡日是在五月端阳，与民俗挂蒲艾草、吃粽子、喝雄黄酒等合在一起。到了南宋，龙舟竞渡与赏月吃月饼一样，演变为宁波人中秋节的盛事。这跟南宋的父子丞相史浩、史弥远有关。

史浩的曾祖父史简，住在月湖菊花洲，只是一个小吏。孝子史简为了让母亲在中秋节看龙舟时更方便，不被众人拥挤，就雇了条小船到湖中。没想到被嫉贤妒能的上司发现了，训斥了他一顿，还革去其公职。史简竟为此事抑郁而死。其妻叶氏生下遗腹子（史诏），并化悲痛为力量，守节训子，要求孩子励志读书，谋取功名。史家果然光宗耀祖，一门三宰相、五尚书，四世两封王，七十二进士。

后人史浩告老还乡（1178 年），在月湖的竹洲建造真隐观。他每年在湖上举行一次竞渡比赛。看竞渡之日，“倾城空巷”，蚁聚月湖。

比赛开始前，史浩还亲自作词朗诵，在《划船致语》中说：“风笛龙旗，共看翩翩舟楫；波光翻日，彩岸影动。”又说“桂桨快引，龙舟喧喧，画鼓惊雷，隐隐朱旗拂电。锦标夺去，价珍万两。”由此可知，竞渡时龙船上插有龙旗，船上敲鼓，以定节奏。竞渡胜利夺标者有奖。岸上的看众也有挥舞彩旗的。楼钥看了竞渡后也有《游亭观竞渡》诗句：“涵虚歌舞拥邦君，两两龙舟来往频。闰月风光三月景，二分烟水八分人。锦标赢得千人笑，画鼓敲残一半春。薄暮游船分散去，尚余箫鼓绕湖滨。”

月湖竞渡早期在“竹洲的真隐观与柳汀的涵虚观之间的水面”上举行，此地就在外婆家门口的湖边。后竞渡的时间从八月十五改为八月十六，是由于史浩母亲的生日在八月十六。据康熙《鄞县志》记载：端午之龙舟,八月十五之中秋，天下皆然，唯四明则以十六为中秋，以中秋竞龙舟。相传史越王母夫人，以十六日生，故而是日为佳节，遂以龙舟娱其亲，俗因之不改，天时人事皆为相君所移。清诗人袁钧《鄮北杂诗》说法相同：“鄮峰寿母易中秋，七百年中俗尚留，从此非时来竞渡，家家十六看龙舟。”“鄮峰”是史浩的雅号。史浩之子史弥远如法炮制，宁波人中秋节过八月十六的风俗由此而来。

所以，后来月湖龙舟竞渡成为史家门第显赫的象征。清代诗人徐汝楷在《虹桥观竞渡》中描绘了竞渡美景："湖上游船似转篷，湖边歌舞太平风。长虹半落青天外，画桨平分碧玉中。"月湖的竞渡在宋朝以后继续举行，浙东地区相继模仿，涌现出很多诗词佳句。

岁月流逝，月湖荡漾，也有声色月湖的风骚故事。

明代有位御史住于月湖柳汀四明驿，听说东岸暗娼陶氏女很美，即在晚上令人用船接来过夜。有天，御史与下属官吏办完公事后，留下医士孙正科，问曰："闻汝能诗，试咏驿景。"孙立即口吟一首："四明仙馆绝浮埃，隔岸桃花烂漫开。春色恼人眠不得，夜深船过月湖来。""隔岸桃花"与"船过月湖"，暗暗讽刺他狎妓。御史听了脸上一红，说："诗不佳"。孙直着脖子回答："实景也。"御史将其斥退后，夜里想想还是不对，第二天旋即离开。

充满诗情画意的月湖，是古时士大夫首选的居住地、娱乐地，湖面曲处似眉月、圆处似满月，从唐朝那个狭长的"月亮"开始，历朝历代的风流人物丰盈了月湖的意境。陆游多次赞美月湖："池偷镜湖月，石带沃洲云。""白发都门客，青灯夜雪时。尽捐尘世事，细看月湖诗。"诗人的各种妙句不胜枚举，清代徐时栋的藏书楼在烟屿，他主持四明诗坛四十余年，连诗集名称《烟屿楼诗集》都跟月湖相关。

张岱的《日月湖》是描写清初宁波月湖风光的一篇佳作，写出了一个消亡时代的风华，是小品文的极致。"宁波府城内，近南门，有日月湖。日湖圆，略小，故日之；月湖长，方广，故月之。二湖连络如环，中亘一堤，小桥纽之。……月湖一泓汪洋，明瑟可爱，直抵南城。城下密密植桃柳，四围湖岸，亦间植名花果木以萦带之。湖中栉比者皆士夫园亭，台榭倾圮，而松石苍老。石上凌霄藤有斗大者，率百年以上物也。”

实事求是地说，外婆是不知道这些轶事佳句的，但我未曾谋面的外公是知道的，他的老板谢家阿爷也是知道的，所以他们想尽办法在月湖边给庄家置了宅院。感谢他俩，让我们成长在这个有历史人文内涵的月湖之上，能体会诗人李群玉“凉波弄轻棹，湖月生远碧”、诗人皎然“入夜四郊静，南湖月待船”描绘的美妙意境。

62 珍贵文物保护

月湖的文保点很多，前文提到，月岛里面有一个湖心寺即月湖庵的旧址。湖心寺，旧号水陆冥道院，始建于北宋治平元年至四年（1064—1067 年）。湖心寺的名字经过了数次更迭，熙宁元年（1068 年）宋神宗赐名“寿圣院”。“唐宋八大家”之一的曾巩，任明州太守时写过《游寿圣院》：“一峰潇洒背城阴，碧瓦新堂布地金。花落禅衣松砌冷，日临经帙纸窗深。幽栖鸟得林中乐，燕坐人存世外心。应似白莲香火社，不妨篮舆客追寻。”可见，外婆家附近的月岛湖心寺，那时是文人墨客修心修禅寻幽之地。

可惜，元代寺毁；好在明洪武初（1368 年）重建，并在寺后建袁公祠，纪念 1276 年领军抗元斗争被俘就义的宁波进士袁镛。明永乐初年，寺又遭毁。宣德元年（1426 年）重建，嘉靖三十三年（1554 年），兵部尚书张时彻隐退回家后，看中湖心寺，购得改建为“宝纶堂”，当作书院，藏皇帝诰书。

现存的建筑是在清同治十二年（1873年）的基础上重建修葺的，总体保存良好。黄色的墙，黛色的瓦，硬山式梁架结构，若您找寻到前殿地面，请仔细看看嵌铺在地上的四块荷花浮雕青石板。

这个古湖心寺为什么有名？除了跟皇帝赐名赐额、多次重建相关外，还跟被誉为“日本画圣”的著名禅僧雪舟有关。虽然很多人认为他的画跟中国的一流画家还有一定的差距，但是在1956年维也纳世界和平大会上，雪舟与莫扎特、陀思妥耶夫斯基一同获得“世界十大文化名人”称号，其颁奖词是“跨国性文化交流贡献巨大”。

时光退回到明宪宗成化三年（1467年）夏，禅僧雪舟等杨①搭乘大内氏的勘合贸易船入明，在宁波港登陆后，来到位于宁波的天童山景德寺拜佛参禅，并获得天童寺第七十二代住持、无传嗣禅师赠予的“天童寺禅班第一座”的称号。雪舟以这个称号为骄傲，因为他所画作品中屡次以“天童第一座”落款。1467年冬，雪舟自宁波沿运河扬帆北上，1468年初夏抵达北京，在北京受礼部所托，绘制壁画。1469年秋，雪舟乘坐遣明使船按原路返回日本，到达日本九州。他在中国停留了3年，是近代以前唯一访问过中国的画僧。1992年，阿育王寺重建东塔，参照了雪舟的画作《育王山图》。

雪舟的《四季山水图》《育王山图》《山水长卷》等都以宁

① 雪舟等杨：“等杨”是雪舟的名，不是“等扬”，现月湖景点的介绍文字有误。

波等地的山水风物入画，雪舟也被标注在 1468 年创作的《宁波府城图》上，传往东瀛。

跟湖心寺相关的典故还有两个。

其一：《宋宝庆四明志》中记载，南宋建炎四年（1130 年），金兵破明州，闯入月湖的湖心寺。面对强盗，寺僧元肇端坐在佛殿前，不动声色。金兵强行将元肇等僧人掳到北方去建寺院。在过镇江时，内心不屈从的寺僧元肇终于找到了机会，投江而死。而这座湖心寺在金兵焚烧大半个明州城时，竟意外地毫发未损。

其二：明朝客居月湖边的瞿佑（1347—1433 年）所写的《剪灯新话》中有《牡丹灯记》，故事就发生在月湖边："乔生独自从镇明岭下经过月湖桥，到了湖心寺。"其中所写为书生与女鬼相会的故事，从中国流传到日本就变成了民间传说《牡丹灯笼》。

《牡丹灯笼》作为日本三大鬼话之一，有各种版本的电影，其中 1972 年曾根中生导演的电影版本最唯美，成为日本恐怖电影的经典。

花屿（月岛）在宋、明、清时期有许多名人居住过。如清朝三代为官的袁氏，最后一任宅主袁仰周曾经做过道台一职，是宋代"淳熙四先生"之一袁燮的后代。袁宅现为"宁波茶文化博物馆"，供人参观。袁宅的南门外有一"眼睛池"，池水清澈，池中放养的锦鲤悠然戏水。

袁宅中央有一奇特的粉红色大石板中堂间地坪，当时没有水泥，但整块地坪面积有 10 平方米左右，不知是用什么材料建造的。外婆讲是糯米石，当然不见得正确，但可以看出外婆对这个文保点非常重视。她并不清楚袁氏家族史，但对古宅里面的东西却如数家珍。

袁宅距离湖心寺不远，著名画家吴冠中的一幅水墨《双燕》图就取材于袁宅外墙，我想：面对月湖美景，吴冠中与百年前的日本画圣雪舟应该深度共情了。

63 老宅要拆迁了

1998年，宁波市政府决定改造月湖景区，建造市中心最大的城市公园。这是涉及几千户住民的动迁工作，市政府也深知这次动迁的难度，专门成立了动迁领导小组，各级党委、市建委、动迁办、各街道、房管处，层层落实责任。

月湖周边地区的住房大多是老宅子，许多都是上辈人留下来的祖房。鼓楼、县学、湖西等四个街道都在动迁范围内，湖西的月岛居民会正好处在中心地，镇明路、柳汀街、花果园巷、树巷、月岛全被规划成了风景区。

时任月岛居民会书记、主任的庄瑞雪女承母业，深感责任重大，但“无事不可胆大，有事不可胆小”。海曙区人大代表、党代表庄瑞雪同志也是个勇于创新的人，她知道突破口在何处。

街道领导同意外婆辞去居民会主任职务时，她已77虚岁。虽然年事已高，但她在当地居民中的威望仍不减当年。外婆对这次拆建的态度，可谓举足轻重。

月岛四周环湖，风景秀丽。前文提到外婆家在17号，石门楼、大明堂、大堂前、二间一弄、小客堂，200平方米的占地面积，是庄家一家人生活的地方。百年老屋虽然是外公老板谢家阿爷出全资购买的，但是外公花了心血装修，太祖母、外公都在此屋过世，庄家子女又在此出生，大家肯定是不舍得房子被拆的。

在全市的动员大会上，市领导阐述了这次月湖大规模动迁的目的，一是旧城改造，提升老百姓的生活品质；二是在市中心建设一个高档次的花园——城市绿肺；三是各大房产公司开发的商品过剩、闲置，以动迁提升市民的购买力，可促进产业联动，拉动经济发展。

当年公布的月湖地区拆建安置政策，多数普通人都感觉像天书，读不懂，经过工作人员解释才明白。大概是因为动迁任务重、时间紧，公告必须及时出台，有些文字表述没有经过仔细推敲。

外婆有金句：“**金窠银窠，不如自家草窠**。”窠，本义为动物生息的窝，这里比喻为人的家，泛指家乡，意思是金乡银乡，不如自己草昧贫困的家乡。自然，外婆对搬迁也有许多顾虑：其一，乡土难舍，故园难离，这毕竟是住了半个多世纪的居所，难以割舍；其二，不管搬迁到哪里，这样的大庭院是不可能再有了，那这样的家庭和谐氛围是否还能延续下去；其三，十个子女大多已成家立户，但有的户口还在月岛，当时的政策是按照户口分配，因此如何分配好拆迁安置的房子与房款，对一家之主也是个难题。

当然，外婆是个审时度势、通情达理、高风亮节之人。拆建公告张贴第二天，她就和拆迁办公室签订了搬迁协议，这一时成了当地的大新闻。《宁波日报》、宁波电视台专题做了采访与报道，后来电视台还做了跟踪报道，制成了纪录片，成为珍贵的历史资料。外婆在那时的发言视频，还出现在 2018 年宁波电视台某节目，被眼明手快的小舅用手机拍到。

当时流行两种说法：一是老主任一向做事光明磊落，对政府的号召总是带头响应，虽然年老退休，但一个人的作风不会变；二是拆迁办公室对老主任有私下的承诺，叫她带带头，给她十套房子，不然怎么会这么快就签订协议。后一种说法有一半是对的，可能是因为他们打听到我的舅舅阿姨们共买了十套房子，这个是事实，无须隐瞒，但不是私下承诺，而是按照当时公布的拆迁办法细则执行的。

按照拆迁政策给的经费单子（拆建补偿资金），当时叫“房票”。外婆拿到“房票”后按十个子女平均分配，不管是已经搬出还是现在仍居住在月岛，不管户口在不在月岛，不管是儿子还是女儿，都一视同仁。

这个房子可以说一半是外公的遗产，一半是外婆的房产。这一次，她把所有的一切都平均分配给了众多子女。各家拿到拆迁的房票（资金）后，根据各家的经济能力决定购房档次、购房面积，资金不足部分自行解决。大家一致同意外婆的决策。

要离开了，外婆有诸多不舍，庄家的孩子们也是。

别了，天井中盛满“天落水”的“七石缸①”；

别了，庭院里的竹木花草，房后猪池间的撒野天地；

别了，月湖里捉鱼抓虾、追逐逗玩猫咪的乐趣。

临别的那几天，外婆东摸摸、西看看，虽说她的思想与时俱进，并牢记外公的临终遗言“听党的话、跟党走”，积极响应政府的号召，但是内心有不舍也是人之常情。

---

① 七石缸：专指可容七石米的大缸，古人用其积聚雨水供食用。

64 甬上证人书院

大局已定，庄家人各自购置蓝天路白云小区住房，楼上楼下，隔壁对门，大家庭的气氛虽远远比不上原来的大宅院，但能基本保持。兄弟姐妹还想跟以前一样，继续过大家庭互帮互助、融洽和谐的生活。

联系购置宁波城西蓝天路居住房产，主要靠外甥女婿的奔波。蓝天路邻近有一浙东学术古迹——“甬上证人书院”，值得一书。

时光回溯到康熙四年（1665 年），甬上学子的社团组织“文会”和“澹园社”联合成了“策论之会”。康熙六年（1667 年）五月，黄宗羲首次来甬讲学，该会改名为“证人之会”；同年又改为“讲经会”。康熙七年（1668 年），黄宗羲再次来甬讲学，“遂以证人名之”，创“甬上证人书院”。其实，甬上证人书院会讲地点不一，如广济桥高氏祠、延庆寺、城西白云庄、黄过草堂（张氏宗祠）、陈夔献家等处。而白云庄是黄宗羲讲学时间最长、最为固定的场所。

白云庄主人姓万，家主万泰。万泰有八子，世人称“万氏八龙”：斯年、斯程、斯祯、斯昌、斯选、斯大、斯备和斯同。万泰知书达理，与黄宗羲“忧患相提护、道义相砥砺”，关系不同寻常。万泰吩咐“万氏八龙”拜黄宗羲为师，说八个儿子都有成就，才可以叫“八龙”。后他们在经学、史学、理学、文学方面各有所长，卓绝一时，真正称得上“八龙”，当然这也得益于家庭与老师的因材施教。

浙东学派在顺治年间开始形成，直至乾隆，先后连续四朝，涌现了黄宗羲、万斯大、万斯同、邵廷采、全祖望、邵晋涵、章学诚等杰出的学人，远承接宋元以来浙东史学理论，开创了古代方志学，近接受王阳明、刘宗周的哲学思想启蒙，倡导经世致用，并通过著书讲学、师友相传，为浙东地区培养了一大批有识之士。1963 年白云庄被公布为省级文物保护单位，里面陈列有浙东学术文化与万氏史迹，现在政府又在整修，值得游客打卡参观。

现在房产地块升值，拆房赔偿金额越贴越高，因为拆迁旧宅而导致的父子不和、夫妻反目、兄弟姐妹大打出手的案例比比皆是，原来和睦的气氛不在，骨肉之情变成市井交易。如果有一天，人与人的关系都变成了金钱关系，都失去了爱心，那么活在这个冰冷的世界还有什么意思？

当然，外婆家没有出现这样的情况，舅舅阿姨们依然团结，紧紧围绕在外婆这个中心周围。

月湖边杨柳依依，人是离别了月岛的故居，但月湖人家的乡音乡情仍在。宁波话有“来发讲啥西”等很多笑话，被写入相声段子。这里也有几个乡音的故事值得分享：

一天，大家陪外婆到月湖风景区转转，想拍一张合照，阿姨就去找人帮忙，看到一个很英俊的小伙子，她就跑上去说：“童字（同志），你给阿拉揿（方言音同“亲”）一下，好伐（吗）？”小伙子愣住了，阿姨继续解释说：“就揿一下，很快的！”小伙子马上脸红了，吓得要逃了。我先生赶紧扬了扬手中的照相机，做了一个按快门的动作说：“就是这样——揿一下！”小伙子才恍然大悟。

又一天，全家吃年夜饭，菜过几道之后，我母亲去厨房忙活，出来时说“睡觉啦，睡觉啦”，她东北的亲家母听了大惑不解：这饭还没有吃完，怎么叫大家去睡觉啦。她看到我母亲端出一大盆水饺，就猜想说：“南方人吃水饺时要睡觉？”我们听了大笑，赶忙翻译说：“水饺来了，水饺来了。”

还有一句话也很好玩，我母亲说：“你过来一下。”东北的亲家看了看大门很疑惑：“啥？没尼姑呀？”原来她听成了：“尼姑来了。”一家人笑得肚子疼。

外婆经常讲：“走遍天下，勿如宁波江厦。”江厦，是指宁波江厦街滨江的码头区，旧时为宁波最繁华之地，这里以江厦泛指宁波。这句话一般老百姓讲讲可以激发爱家乡的感情。事实上，现在苏州、无锡、厦门、青岛、深圳等城市都建设得很好，每个城市都有自己的历史文化积淀，也涌现出很多名人。当然，如果从港口角度，宁波舟山港与其他通商城市的码头相比，其吞吐量与现代化水平都是值得骄傲的。

65 获批 5A 级旅游景区

我母亲生在月湖、长在月岛，外婆更是亲眼看到月湖 70 多年的变迁，能作为见证人，看到这片富有历史文化内涵的月湖修建得如此美丽，实在值得庆幸。2018 年，天一阁 · 月湖获评中华人民共和国文化和旅游部成立以来首批公布的 5A 级旅游景区（共 9 家）；2019 年，上榜第七届浙江旅游年度文旅融合示范景区。

游客从火车站出来到月湖景区，首先看到的是月坛塑群，这是新造的。过了三孔石拱桥“襟湖桥”便是东三洲的竹屿了。据说，桥下河道原经过望湖桥通向日湖，现在改道通护城河，并建造闸门控制月湖水位。步入竹屿，满目苍翠，竹屿上“竹艺馆”“宜三轩”“拂云堂”“含箨亭”等建筑多用竹类建造。有专家建议在此设立竹类艺术现场制作场所或者“月湖明竹根雕艺术馆”之类。江南人宁可食无肉，不可居无竹，王阳明家就是如此，所以格物他就选择了最常见的东西——竹。

沿湖滨至月湖桥以南，新建成“月亮湾”风景区，有揖月亭、映月桥、揽月轩，建有“钓鱼翁”雕塑。月亮湾东侧营造了桂林，秋季丹桂飘香，沁人心脾。现在保留的吴氏支祠这一带，是我先生老家所在地。

松岛是真正的岛，宋隆兴初年后又称“竹洲”。据说以前用船过渡，现在宁波二中大门外的水泥桥是民国时期建成的，桥名是“竹洲古津”。王安石曾在此设立“县庠”即县学，还聘请楼郁等“庆历五先生”建馆讲学。楼郁（？—1078）在此授课长达三十年，兴学求知气氛浓郁，开创流派“浙东理学”，一时人才荟萃。弟子有著名学者楼钥、楼异、舒亶、丰稷、袁毂等，因此，竹洲月湖成为当时浙东的学术中心。

宁波二中是省一级重点高中、省首批示范性高中，建校于1912年，历史悠久，可追溯到楼郁在竹洲开办的“城南书院”。目前的校园建筑以“景点式、庭院式、精品式”为特色，延续月湖竹洲文脉。

楼郁因居城南，故号城南；又因居月湖边，世人尊称“西湖先生”，并与杨适、杜醇、王致、王说合称“四明庆历五先生”。楼郁官至江西庐江主簿，因母亲去世离职；服满后感到“禄不逮亲矣，非吾志也”，于是回家专于读书藏书。筑藏书楼名“东楼”于月湖畔，藏书达万余卷，关键是他愿意借书与人分享，不似天一阁“为藏书而藏书”。其在柳亭设讲堂，后迁月湖竹洲讲学，人称“正议楼公讲舍”。孙子楼钥，沿袭“东楼”藏书习惯，最后与同邑的史守之称为“南楼北史”。如今，南塘老街建有“城南书院”。

步入花屿月园的东大门，有个“园中园”，就是原来月岛居民休养生息之地，是外婆生活与服务大半辈子的地方，也是我无忧无虑的童年嬉戏之地。1998 年，外婆家拆迁的时候，我就开玩笑说：“以后我们回家肯定要买门票了。”果然，月湖景区改造后，唯独进入月岛现在叫“月园”，要收 5 元的门票。当然，后来没多久就取消了，现在的海曙区美术馆等地也都是免费的，经常有各种展览。

花屿月园，多优美的名字，虽然不及鼓浪屿有名，却是月湖风景之精华，历代文人曾在此建家宅、办学馆。现在的月园比以前的花屿面积扩大了，因为把古问字桥到月湖桥东岸地区纳入了月园。向南沿河对岸是杨宅和花果园庙。杨宅即杨菊庭故居，杨菊庭是民国时期著名的数学家、教育家，当过教育局局长、竹洲女中的校长，因为对数学有研究造诣，被尊称为“杨三角”，其故居现为展览馆。花果园庙，宋时是史浩家的菜地果园，目前史家后裔建设了八行使馆，会在其中开展一些公益讲座活动。在庙的对岸，恢复建造了一古戏台。

现在的月湖是依照典型的江南园林风格建造的，以天然湖水为主体，草木凉亭、回廊石楼，隐于其中。月湖名气虽比不上苏杭的园林，但是于阿拉宁波人却多了一份亲切。南月湖与北月湖的面积相差无几。南月湖靠近城隍庙，在南月湖境内有袁宅、湖心寺、月园等景点。湖心岛上原是女子中学，现是被誉为全国最美校园的宁波二中，也是我曾经上班的地方。

宋代，月湖船菜宴盛行。当时，明州（宁波）造船业在全国独树一帜，既能打造万斛大海船，也能雕琢内河的画舫。月湖里的画舫舟子的烹调水准一流，船菜船宴除了有江南水乡的灵动湖鲜外，还有濒临东海的浓郁海味，更有山间的当季竹笋蔬菜，令人垂涎三尺，加上“画舫船筵乐，肴烹十里香”的梦幻氛围，宋韵风采悠然。

王安石诗云：“春风满城金版舫，来看置酒新亭上。百女吹笙彩凤悲，一夫伐鼓灵鼍壮。安期羡门相与游，方丈蓬莱不更求。”确实，鼓声点点，笙歌悠扬，置酒于众乐亭中，何等自在！月湖美景，佐以美酒、美食、美人，仿佛自己与友人一起，游于蓬莱仙境中。

虽然，宋代宁波月湖船菜早已销声匿迹，但随着时间的沉淀，月湖人已将人文融入美食，创出许多新的美味佳肴。

在我小时候，宁波当地人叫月湖为“湖西河”，古代诗人也称月湖为“西湖”，说明它一点也不逊色于杭州的西湖。所以，住在月湖边的宁波人，即便日后到苏州园林观光，也不会心生羡慕。

万顷平湖一苇杭，此归喜似贺知章。上恩赐与西湖曲，遂老吾家归照堂。

——宋　楼钥《贺监湖上·其一》

郇公宋贤相，曩昔倅明州。种莲向湖上，高阁临清流。

凭栏试一望，霞彩明双眸。往迹今已杳，萧疏红蓼秋。

——清　陈劢《月湖古迹·章郇公红莲阁》

第十六章　弥留

外婆最后的日子

庄家的孩子都会怀念小时候吃过的外婆的拿手菜，我也不例外。

宁波有家网红店叫“外婆家”，性价比极高，吃饭高峰时，排队的人很多，叫号的方式是“××号，外婆喊你吃饭啦!”宁波籍奥运冠军杨倩，就非常喜欢吃宁波菜红烧大虾。

66 《红楼梦》中的场面

外婆讲，老早东海黄鱼旺季，东海海面黑乌乌一片，发出“嘎嘎”的叫声，一网下去打上来成千上万斤，阳光下泛着金黄色的光泽。黄鱼肉被加工成罐头食品出口，鱼头和鱼排当下脚料处理。慢慢地，木帆船变成机帆车、铁壳船，网眼越来越小，灯火围猎鱼、拷鼓鱼等各种先进技术齐上阵，黄鱼的子子孙孙都被捕光了呵。

如今，捕到正宗的东海大黄鱼就是出“海”文物了，几千元乃至上万元一条，还一鱼难求。得益于政府的海洋休养生息政策，2021 年底，象山渔民终于又捕捞到了金灿灿的大黄鱼。黄鱼有各种烧法，腐皮黄鱼、薹菜拖黄鱼、彩熘全黄鱼，连黄鱼鱼肚晒干、油炸也是一道美食。

养殖的大黄鱼跟野生的不一样，外地人或外行人可能品不出，但肯定骗不过阿拉的眼睛、舌头。宁波人在清明节、七月半、年夜羹饭或者请菩萨仪式时，都要用到大黄鱼，价钱也不便宜。如果要请菩萨用，这个黄鱼肚子不能破，只能在撒尿处剪一刀，从鳃口拉出肚肠来，至今我还没学会这项技术。

也许是受太婆影响吧，外婆最喜欢买海鲜，鱼虾小点没关系，但是必须得新鲜，这种习惯影响了阿拉两代人。庄家人都不喜欢吃河鲫鱼，包括泥鳅，因为月湖的鱼吃多了，总感觉河里的鱼有一股子河泥腥味。

宁波最经典的小虾干与小鱼干是在超市就可以买到的虾皮与海蜒，用酱汁点一点、料酒蒸一下，早上吃泡饭当下饭菜，可以补钙。更干一点的生虾皮，价钱自然贵。老百姓一般购买已放过盐的熟虾皮，可以直接泡紫菜汤吃。如果馄饨汤里面配点黄色蛋丝与紫菜，再漂几只小虾皮，这碗馄饨就显得非常考究了。

快 80 岁的外婆还是执意自己去买菜，因为要解决一大家子两三桌人的吃饭问题，所以菜篮子很重，阿拉小辈们经常去小桥边等着接她，接到了外婆，大家都很开心。外婆非常清楚大家庭中各人的习性，知道谁最喜欢吃啥菜以及喜欢吃何种烧法的菜。外婆培养小阿姨和五舅舅烧菜，他俩的厨艺在庄家可以说数一数二。

后来，辞职回家专门照顾外婆的二姐姐曾经感慨，外婆家里吃饭就像一出“红楼梦”大戏，而像我这种“书读头”是不晓得的。二姐姐分析起来头头是道，主要理由是：第一，《红楼梦》就是排场大，对伐？第二，外婆就是老祖宗，对伐？第三，这么多的孩子秉性、喜好、资质，谁喜欢吃啥外婆一清二楚，各种事轻重缓急，外婆处理问题有讲究伐？二姐姐觉得自己用心观察外婆、学习外婆，得到很多外婆的真传。比如吃饭的时候，外婆看见来客人或者任何一个孩子回家，总是一边招呼“吃饭、吃饭”，一边去拿碗筷。不管多晚，她都不会问“饭吃过吗？吃饭吗？”她是怕问了别人不好意思再吃。

外婆家吃饭每顿两三桌，用餐就是一出大戏，经常要“翻台”，还被当时纸媒配图报道过，主题当然是家庭和谐与团结，称颂的自然是外婆的管家水平高。

外婆家饭桌上鲜有宁波菜中的十大名菜一次上齐的，但是冰糖甲鱼、锅烧河鳗、腐皮包黄鱼、薹菜拖黄鱼、彩熘全黄鱼、黄鱼鱼肚、薹菜小方烤、三鲜宴、火踵金鸡、荷叶粉蒸肉、网油包鹅肝之类，节头节面偶尔会有一二道。吃野味海鲜长大的宁波人，嘴巴也特别刁，食物除了要求色香味俱全外，还追求滋补养生、时令鲜香。这里介绍一道外婆家经常做的特色菜——薹菜拖黄鱼。

薹菜拖黄鱼是一道地道的宁波菜，过去用新鲜小黄鱼去鳞拆骨，取肉挂上面糊，面糊中掺入薹菜粉，所以，这道菜多了一分鲜香的滋味。我一直很喜欢吃薹菜，我的拿手菜是薹菜腰果、薹菜鲳鱼。拖黄鱼其实很难做，因为要捏住面糊往大油锅里放，动作是拖过去的，所以叫“拖黄鱼”。一入锅，热油就热情地拥抱住面糊黄鱼，激动地翻滚着气泡，发出“嗤嗤”声。一般情况下，在外婆的指挥下，庄家做这道菜时会一次性做很多，七成熟摆放着，等开饭的时候，按照人头一人一个记数，再一次入锅油炸。拖黄鱼跟所有油炸食物一样外酥里嫩，鲜香可口。过去的年代，油腻的东西吃得少，每个人都馋得不得了，不像现在不提倡吃油炸食品了。

宁波人喜欢吃各种笋。我婆婆晚年跟小叔子一家住在大连，一直念叨宁波的笋，她特别喜欢冬笋与雷笋。这鲜货上市的时候一般比肉都贵，我都会给她快递过去。婆婆一下子吃不了或者舍不得吃，就用报纸包起来放入冰箱，这样笋就不容易迅速老掉。婆婆的牙口一直很好，虽然吃笋只是嚼嚼鲜味而已，但她想吃的就是宁波的味道、家乡的味道。冬笋可以烧咸菜吃，也可以跟烤麸、肉一起红烧。雷笋大多都是红烧，味道鲜美。小时候我喜啃老头，现在喜食嫩尖。

竹笋是竹子的幼芽，分为春笋、夏笋、冬笋，竹笋不仅蛋白质含量高，还含有人体必需的赖氨酸、色氨酸、苏氨酸、苯丙氨酸，以及在蛋白质代谢过程中占有重要地位的谷氨酸和有维持蛋白质构型作用的胱氨酸。据说 2002 年 10 月福建永安办了首届笋竹节。

中医认为笋味甘、微寒，有清热化痰、益气和胃、利水道等功效。确实，笋干含有丰富的蛋白质、纤维素等，具有低糖、低脂肪、多膳食纤维的特点，可增进食欲、防便秘、清凉败毒。

宁波的老人比如我的外婆、祖母都喜欢带有薄薄一层细盐的咸笋干，用凉开水洗去盐，切段或掰丝后，浇点麻油。我辈较懒，不去盐，也可做各种汤料的底子，还增加鲜味。外婆喜欢用砂锅炖各种汤，如笋干炖老鸭、炖鸡、笋干排骨汤、蹄膀肉块汤，简单易做，对我这种不会烹饪的人来说，笋干是神辅料。

雷笋是宁波当地出笋时间最早的，鲜笋的售价比较高，因此很少用来制作笋干。冬笋两头尖似小船，肉色乳白，壳薄质嫩。立春后，“尝鲜无不道春笋”，就连唐太宗对春笋的鲜味都朝思暮想，喜欢与群臣共赴笋宴。

因为外婆经常把一些菜比喻为“丫头、小姐”，我就说青绿、爽嫩、新鲜的芦笋是瘦身版的春笋，是笋中的“极品小姐”。这时，姐姐们纷纷取笑我："啥？胡说八道！学历很高，没有文化。"外婆连忙更正说："芦笋不是竹笋。"

接下来，大批毛笋上市，价格最便宜，块头又大，宁波农家乐餐饮中一般切块红烧，但是，胃不好的人不能多吃，因为笋不容易消化。勤劳的宁波人喜欢晒花生笋脯当下酒菜或零食吃。毛笋切得越薄越好，与花生一起，只浇上料酒与酱油，先烧熟；再全部倒入锅里加上红糖翻炒，直到收汁完毕；最后在太阳底下摊开晒干，最好挑阳光普照的日子，倘若一天晒不干，鲜味就会大大减色。有一年，我把毛笋干带去悉尼，大姐直接用它烤肉，宁波同乡吃了大呼过瘾，一吃吃了两大碗米饭。

67 外婆家的年夜饭

怀念外婆，必然会怀念外婆做的各种吃食。外婆家的味道，以过年前一段时间的吃食最有代表性。宁波菜中的十大名点有豆沙八宝饭、龙凤金团、水晶油包、地栗状元糕、绿豆糕等。外婆会做猪肉汤团、猪油洋酥溾①、豆沙圆子、虾肉馄饨、鲜肉小笼包子，其他都是重要的日子去买来吃或者别人送的。当然，外婆从来舍不得自己吃，都省下来给小孩吃。

记得小时候，外婆家还有石磨大盘，浸泡好糯米，一边加水一边转磨汤团粉，做起来比较麻烦。逢年过节，我们还喜欢吃溾。做法是将水磨糯米蒸熟，倒在捣臼中舂烂后，搓成条状上锅蒸，在热气腾腾中摘成小团，将每团放于团箕或草席上，待其自

① 溾：意为"糯米团"，形状圆圆的。

然而然地塌成小馒头状即可。

后来，家里不做了，就拿糯米到专门加工的地方让别人代做。通常去了要等半天，有时候是吃过晚饭去看着他们做，付点加工费，最后几人一起背回家。粿可以跟年糕用一样的烧法吃，切开做成青菜粿、咸齑汤粿，外婆喜欢放点猪油馅炖粿，饭还没有好，就提早蒸熟给肚子饿的人吃。象山人加入冬笋和肉做馅子更是高级，吃甜吃咸各有味道。为了回忆小时候的味道，我从超市买来粿，现在一次最多只能吃两个，依然喜欢做芝麻猪油馅，再加芝麻核桃蒸熟当早餐，交关赞。

糯米饺，是宁波人的米食之一。先用糯米制成水磨粉，然后搓成长条腰形，入油锅炸至两面金黄，捞出控油，稍冷后滚一滚绵白糖（不能是黄糖或砂白糖），让糯米饺外面裹上一层白霜似的糖粉即成。当然，一般都是冷食，如果趁热吃，口感是外脆里糯，形、色、味俱佳。

龙凤金团，也是糯米制品，里面的馅子金贵一点，有芝麻、瓜子肉等，豆沙馅比较普遍。外婆讲“金团吃到豆沙边”，意思就是事情再难也快完成了、快结束了，再坚持一下；或者事已至此，不要反悔了。梅龙镇的老牌子还有“蟹壳饼”等各种糕点。余姚梁弄大糕，因其独特的糯米配方与各种馅子堪称一绝，还上了中央电视台的《舌尖上的中国》，外婆与我也很喜欢吃。

外婆家还有道特色菜叫“素甲鱼”，其实是用香菇和冬笋制作的一道素菜，香肥鲜糯，因形似甲鱼而得名。现在网上也有做法教程，不过外婆的做法更简单：

预备：1. 将干香菇洗净、去蒂，热水泡发。2. 生冬笋切片，大小与香菇匹配。3. 用面粉加冷水调成厚浆。这个厚浆的黏度是香菇与笋片黏合的关键。

开炸：1. 炒锅下油，烧到七成热，将上好厚浆的素甲鱼逐一用筷子夹起，轻轻滑下油锅炸，翻一个面继续炸，呈淡金黄色时捞起控油。2. 七成熟的准“素甲鱼”，可以一次性做很多以备用。

起浆：1. 将生抽、白糖、黄酒、姜末炒匀，加入面粉或者生粉调的浆水，烧至卤汁稠浓。2. 另起一锅，加少许油，将准“素甲鱼”继续炸到十分熟，倒入刚才调好的卤汁，然后起锅装盆，香菇面朝上，排列整齐，酷似甲鱼。

这种做法的好处：第一，用料简单；第二，脆爽可口；第三，通肠利胃。如果起浆和油炸用同一口锅，素甲鱼就黏糊了，口感完全不一样。

此外，宁波百姓喜欢吃的物美价廉的菜还有：

虾鳝豆腐。其实，老底子宁波人觉得虾鳝与富贵虾（虾皮弹虫）都是不值钱的海鲜。每年随着禁渔期的结束，大量价格实惠的新鲜虾鳝出现在宁波人的饭桌上。虾鳝肉质特别细嫩，刺少而且软，和豆腐一起红烧，那种可以吸吮的鲜美滋味只有吃过的人才能懂。

酱汁杂鱼。梅鱼价格相对便宜，肉质、鲜度都还不错。尤其是被宁波人称为“梅童”的大头梅鱼，全身细嫩无鳞，用爆香葱姜的酱油水蒸上十分钟，简单又美味。我喜欢用雪菜咸齑汁清蒸，味道最鲜口。现在饭店里做拼盘，加上切块的带鱼、鲳鱼、箬鳎鱼（比目鱼）等，用肉面结一起蒸着吃。一是鱼肉一起烧更提鲜，二是使这个带鱼、鲳鱼看起来变大了。东海的带鱼小点，但比外洋的宽带鱼肉质更细腻更鲜美。

醉泥螺。我清楚地记得，跟很多老底子宁波人一样，外婆喜欢在夏天吃上几颗醉酒黄泥螺。她一般会去买散装的，挑选腌制好的品质好的，根据咸淡情况自己再加工。先用冷却的开水洗一下，太咸了，就放糖；太淡了，就再放点盐，然后用高度的烧酒浸泡。带着醇厚酒香的泥螺，肉质爽滑脆嫩，鲜美开胃。外婆经常自己做，她把醉泥螺用小玻璃瓶装起来，想吃的时候旋开瓶盖，用干净的调羹舀出几粒，然后旋紧瓶盖。

海瓜子。宁波的海瓜子专指壳薄而呈粉红色，肉质特别细嫩鲜美的一种贝类，和南方的其他海瓜子比，是完全不同的两种海鲜。海瓜子价格不菲，以两计算，但分量很轻，所以，也是宁波人夏季的美味家常菜，卖家会很贴心地送一袋能养出沙子的特殊水。我喜欢海瓜子肉，比较小，味道又特别鲜美，吃了不会长肉。外婆经常拿它给舅舅们当下酒菜。

熏鱼。熏鱼用什么鱼做，宁波各地人有自己的喜好。外婆跟靠海的象山人一样，用肉质厚实的马鲛鱼来切块做熏鱼，肉质肥厚、味道鲜美。而不靠海的地方，只能用草鱼、黑鱼等淡水鱼来做熏鱼，香酥脆嫩。熏鱼不能用河鲫鱼等刺多的鱼做。其实，熏鱼是很不好做的，我尝试过几次，不得法。外婆说，技巧是油只能放一点点，才会出焦黄的颜色。外婆家条件好的时候，用小梅鱼、鲳鱼做过熏鱼。不管用哪一种鱼做，老底子的宁波熏鱼都会浸一遍糖醋汁，口感外酥里嫩。

臭冬瓜。“宁波三臭”之一，夏天里的下饭“神器”，基本上只有奶奶级别的宁波人才会做这道菜，外婆经常做。冬瓜在腌制后散发出浓烈的味道，但夹上一点送入口中，却是满满的清新鲜美滋味。咸冬瓜，我也会吃的，滴上一点麻油，凉润鲜香，滋味无穷。但是对于臭臭的腌制品，在现在讲营养与健康的年代就不推荐吃了。

四喜烤麸。外婆将用面筋（不是很多圆洞的上海烤麸）做成的生麸，手撕成块，放入油锅中炸，呈金黄色时捞起。然后用热油将木耳、金针菜翻炒均匀，放入烤麸、花生米及水，加入酱油，往往是生抽多一点、老抽少一点，用旺火烧开，后用小火收汁至稠厚，加白砂糖提味后出锅。烤麸滋味醇厚，汁水丰腴，比肉还香，却清爽不腻。有条件的话，会放入香菇、时令笋，这都是宁波人喜爱的经典美味呀！我家经常烧着吃，但是，早已主次不分，放一点点烤麸，主要吃配料。

外婆家的过年菜肯定有油豆腐烤肉、卤鸡、卤肉、油炸咸带鱼。宁波人习惯用油豆腐烤肉，油豆腐吸收了肉汁之后，滋味醇厚。

年糕汤是年夜饭的压轴菜。夏天里没胃口、懒得做饭的时候，老底子宁波人都会煮上一锅年糕汤。在夏季，青菜并不是最适合煮年糕汤的配菜，鲜爽解腻的雪里蕻咸齑才是开胃好物。放点肉丝，煸香咸齑，搭配滑润软糯的宁波年糕，味道好足了。

外婆家的年夜饭多做猪肉或者鸡汁水的年糕汤。中国南方早期新石器时代的代表、全国重点文物保护单位河姆渡遗址考古证明，距今约7000年前，宁波就是优质稻米的重要产区，以先进的耜耕稻作农业、独特的制陶技术、高超的干栏式建筑闻名，而且在水稻栽培、米食制作方面历史悠久，流传至今。央视节目《舌尖上的中国》第一季就介绍了宁波年糕。

宁波农家都有舂年糕的习俗，年糕寓意比较好，年糕年年高。现在，会做这些点心的人越来越少了。宁波海曙区高桥镇有个王升大博物馆，开发了各种体验项目：正月做汤圆，二月做状元糕，三月蒸青团，四月做黑饭，五月做粽子……十二月就可舂年糕。参与者体验做糕点后，可将成品带回去，成就感满满，特别是孩子，会很开心。

想念外婆家的年夜饭，想念大家庭吃年夜饭的感觉。

68 给外婆祝寿

宁波人庆祝生日有很多讲究，比如“做寿做九勿做十”，做寿即祝寿。按理每逢整十岁祝寿，但这样会落个“寿岁到”（阳寿尽头）的口谶，为避讳于头一年就逢九岁时祝寿，所以叫“做九勿做十”。

比如，外婆讲：“三十勿可错，四十勿可做。”意思是三十岁是重要生日不能错过，四十岁的生日不能过。此为忌讳习俗，即三十岁必要有“做生日”的仪式，因三十年为半个甲子，暗喻其人以半甲子为单位计年岁，错过就会丧失机会；而“四”与“死”谐音，四十岁不可张扬排场，所以不搞“做生日”的仪式。

比如，外婆讲：“请吃酒，掗拜生。”“请吃酒”，很好理解，一般是请吃喜酒，有邀请才会有宴会。而“掗”是强行给予的意思，“拜生”即祝寿或拜寿。寿星多高龄，历经艰辛，常不愿意子女为自己的生日靡费钱财、精力摆排场，故晚辈要“掗”上去拜生。外婆确实是这样，从来没有要大摆宴席庆祝，都是小辈们主动给外婆送礼物前来祝贺。比较隆重的两次祝寿，都留下了集体照。第一张照片摄于范桂馥小学，第二张照片摄于天一阁门前。我的公婆也很尊敬外婆、感念外婆，节头节面①时都会请外婆一道吃饭。

外婆在最艰苦的岁月，因工作劳累，肾脏出血，她一直不作声。等倒痰盂的时候，发现小便都红红的，她才吃些消炎药，但工作还是照常进行。

有一次，勤劳的外婆和小阿姨一起搞家庭卫生，两人抬一只皮箱，皮箱刚抬起，外婆人却倒在地上，动弹不得。小阿姨吓得脸色发白，赶紧陪她到白云卫生院拍片子，片子显示腰部有骨折。外婆说没事，回家平躺平躺就好了。

老年人最怕摔跤，绝不能在卫生间的湿滑地面走动，最好使用防滑地砖，保持干燥还要铺上毯子，也不能让老人爬上凳椅取物，擦拭玻璃、电灯等，以防不测。

我母亲和小阿姨不放心，又陪外婆去市中医院，经医生再次拍片诊断是腰椎骨折，需要住院。为了不增加子女的负担，外婆坚持说是“硬病”“硬伤”“没啥大事体”“养养就好了”，死活不肯住院治疗。医生也没能说服她。她坚持说：“这么大年纪，肯定骨质疏松了。要全部好，是不可能的，就不要增加大家麻烦了，来回奔波太麻烦了。”外婆坚持回家疗养，她一贯自己拿主意，主意很大，大家一点办法都没有。

这样的骨折，一般身体素质好的人要半年、一年才能好转，但是她这么大年纪了，只能躺在床上，翻身时疼痛无比。最初的生活护理，主要由住在附近的大妹（我母亲）和小妹（小阿姨）负责。外婆一生要强，不想麻烦别人，哪怕是自己的子女，不

---

① 节头节面：意思是“节日里”。

过，这时她也没有办法了。

奇迹出现了！在家人的精心护理下，不到两个半月，外婆就能扶着走了，三个月就能独自走动了。去医院复查，医生讲：“这是奇迹，这么大年纪，能恢复到如此程度，从来没有碰到过。”这跟外婆坚持走路锻炼分不开。外婆讲：“人老，首先是脚老，所以脚要勤。”经过一段时间的恢复，外婆走路生风，速度不减当年。

不过，岁月不饶人，外婆终究还是老了。她在 91 岁高龄那年，居然独自一人从中山东路一直走到西门口。城市的变化太快、太大了，她迷失了回家的路。她实在太疲劳了，走不动了，在一家便利店门口停下了脚步。便利店的店主见她这么大年纪一个人在外，就叫她进店休息，通过询问，联系上了庄家人。现在想来，外婆也是厉害，有一次竟然从海曙区一直走到鄞州区。

二姐夫和三舅等人一起把患有阿尔茨海默病的外婆接回了家。外婆以前总是说：“一定要让好人也有好报。”所以，第二天二姐夫就带上礼品去答谢便利店店主，店主朴素地讲：“不用谢，不用谢，这是阿拉应该帮助老人的。”

外婆的阿尔茨海默病症状很明显：第一，记忆力减退；第二，日常活动的能力下降，可能是由记忆或者语言功能等退化引起的；第三，视觉空间功能障碍，比如不认识人的面孔，或者在家附近却找不到家门，甚至在家里找不到卫生间；第四，时间认知障碍，不知道春夏秋冬，也不知道现在是哪一年哪一月哪一天；第五，出现写或者说的功能障碍；第六，决断能力下降。不过还好没有出现情绪或者人格的改变，她还是一如往常的和蔼可亲。

我后来也买了距离外婆家比较近的住房，古典的装修风格外婆很喜欢。我母亲或小阿姨经常陪着她到我家浴缸洗澡。记得有一次假期，我先生开车带外婆出去走走、看看新宁波，外婆形容“就像小时候坐船一样的”；外婆很喜欢拍照，我就经常把照片洗出来给她看。有一次和先生一起去看外婆，外婆送我下楼的时候说：“慢慢走！下次来嗬，这位男同志也一道来嗬。”外婆其实已经不记得我先生的名字了，但是知道我俩的关系，机智地用“这位男同志”代替了。

此后，为了更好地照顾外婆，二姐在丈夫的大力支持下，毅然辞去了固定工作，很长一段时间都在家照顾外婆，把家管理得井井有条。为了大家庭能够经常聚会，为了提高外婆的晚年生活质量，二姐夫妇付出了很多。

晚年的外婆，送给子孙们的金句是“工作第一”“身体要紧”。这两句话可以单独说，也可以连起来说。对于大多数人，她都是强调“工作第一”“去加班？好的、好的，工作要管牢”。对于我这种弱不禁风的人，大多是说“身体要紧”。我想，这两者是辩证统一的关系。外婆有时候会变化着说“身体要紧”，特别是送别看望她的人时，经常会说：“侬自家身体要当心哦。”

暮年的外婆，还是喜欢到月湖边走走，最后的日子里才是真正闲暇的时候。

月湖上的休闲方式有很多，有一种“叶子戏”，就是用纸牌做游戏，类似掷骰子。叶子戏创于唐中叶以后，盛行于士大夫甚至皇室家宴中。清乾隆年间，月湖书院主讲蒋学镜先生擅长诗文，但是沉湎于叶子戏，日夜不止。有一次，有人求他写一首长诗，他正在与客人玩叶子戏，客人请他暂停，他玩兴正浓，为两全其美只好一边斗叶子，一边写诗。只见他微微蹙额，一局叶子戏结束，长诗四十韵便已写就。有研究证明，中国的麻将即由“叶子戏”发展而来。也有考证说，麻将起源于清朝宁波城内，与明清叶子戏在宁波月湖盛行有密切关系。

外婆彻底退休以后，很喜欢打麻将，但不是很上瘾的那种。外婆虽然很节约，但是用电方面不是那么省，不仅家里夜灯经常开着，而且月岛墙门外的夜灯也常开着。她喜欢看中央电视台，家里电视常开着，经常睡着了也播放着，半夜起身才去关机。如果好玩的我不在家，先生就会在央视《新闻联播》播放音乐的时刻准时出现，一边与外婆她们打麻将，一边等我外出游玩回来，很有耐心地当一个“麻将搭子”，博得外婆和家人们的好感，再有策略地输点小钱给外婆，赢得“小鬼交关好”的赞誉。

演剧，也是月湖休闲文化的一种。古时演剧有两类：一是在茶馆酒楼中演出；一是在空地上演出，后来发展到“观场”。这些戏子班一般不搭戏台，简易地划地为场，就地演出。“铜锣响，脚底痒。”开演的锣鼓闹头场，大家可任意围观，随时退出，可付钱，也可不付钱，演出内容比较大众化。外婆总会笑嘻嘻地唠叨：“看戏的是呆子，做戏的是癫子，编戏的是才子。”看戏的人，跟着剧情一会儿怒一会儿怨，一会儿笑一会儿哭，所以是“呆子”；做戏的人每天都要演绎别样的人生，嬉笑怒骂，所以是“癫子”；编戏的人有才华，所以是“才子”。

清康熙初年，反清义士林时对仍然沉溺于博采，清廷要征其为官，但是他托病力辞。林时对平素喜欢在月湖边走走，一边闲庭漫步、一边沉思吟诗。90 岁腿脚不便时，他就雇人抬着一乘小轿穿行于湖边小巷，遇到场上演剧，就停轿观看，以娱晚年。观众们也熟知他，往往自动让路。有一次，经过烟屿北的圣功巷，已眼花耳聋的他发现巷内正在演剧，就问："这演出的是啥呀?"路人回道："演'流贼破京师'。""流贼破京师"即李自成攻破北京的故事。听闻后，林时对突然大叫一声，"扑通"一声从轿子上坠落，脑壳撞在地上，一时昏迷过去，众人哗然。观众四散，演戏伶人知道了，也为之流泪，戏剧也停演了。由此传说可知，明清的月湖"观场"风行一时。

得了阿尔茨海默病的外婆，像是回到了小时候。我的先生很感念外婆认准他这个外孙女婿，逢年过节都请她外出下馆子。可惜耄耋之年的外婆会乘人不备，偷偷在衣兜里藏几个水饺，不知道带回去要给谁吃；坐在我先生的车上，她会很开心地说："坐在船上了，又坐船了！"

我心酸地想：外婆应该已经回到小时候了。

晚年的外婆也很喜欢拍照，基本上每次吃饭我都会用手机给她照相，然后印好或干脆做本台历送给她。这些相片见证了外婆逐渐老去的眼眉。

69 出殡大礼

90多岁的高龄老人，身体各器官的功能都在退化，外婆终究还是走到了生命的尽头。

2010年正月二十八，外婆离开了我们。我只记得那天天气晴朗，阳台上太阳照着，暖和得很。2019年的同一天，我父亲也走了，大家都说我父亲想念丈母娘，去天堂拜会她去了。

正月二十七晚本该四舅瑞丰值班陪外婆，他讲，那天晚上大雨倾盆，外婆在客堂间看了一会儿电视，又看了一会儿大姐她们玩牌，然后对我母亲说“你好回去了。”我母亲一看10点多了，就回到隔壁的房间睡觉去了；玩牌的大姐到凌晨2点多，才回江东的家休息。

三舅见外婆呼吸有点急促，就自觉留下来，在外婆床前陪着。四舅回忆说：“阿姆半夜醒来了，看见瑞盛哥坐着抽烟，就叫其回家，瑞盛哥摆摆手小声说：‘还是再陪一会儿。’阿拉又上床迷迷糊糊睡着了。”

深夜，外婆气急有点想吐痰，但又吐不出来，三舅见状马上把她扶起来，一边拍着外婆的背，一边讲：“阿姆，天快亮了，天亮陪你去医院。”三舅回忆说：“她好像先是点点头，后又摇摇头。”

凌晨5时许，四舅起床要去上班，看见三舅扶着外婆坐着。三舅讲：“瑞丰，你去上班吧，开车当心。”四舅车开到半路，还是放心不下，又赶了回来，陪同外婆到最后。

6时许，三舅扶外婆到卫生间解手，之后外婆就坐在藤椅上，闭着眼睛。这时我母亲也买来了早餐点心，三舅走到厨房间跟其二姐汇报外婆昨夜的情况。

7时许，白云社区卫生院医生上班了，我母亲赶过去把张副院长请上门给外婆看诊，又测了血压。张副院长说一切正常，又看了看她的喉咙，讲：“其他没啥毛病，最多是感冒引起咽喉发炎，可以到卫生院来吊消炎药。”同时他也说明，老人生命的最后时刻即将到来。

那天早餐，我第一次在炖的红枣桂圆里加了一点血燕，端上一碗赶去喂给外婆吃。外婆很听话，眯着眼睛一口一口都喝了。

小舅妈也给外婆做了肉骨头粥，外婆自己动手吃的，她只是端着碗。

慢慢地一大家子人陆续都到了，挤满了一屋。中午 12 点左右，外婆睁开眼环视了一下四周，又闭上了眼睛。

子女们在旁边喊“阿姆，阿姆……”，小辈们喊“外婆、外婆，阿娘、阿娘……”。外婆嘴巴微张着，但没有声音，呼出最后一口气，时间定格在 2010 年 3 月 13 日。

我母亲懂点医学知识，她摸了摸外婆的脉搏和心脏，已感觉不到跳动。大家没有死心，都说老祖宗不会走，轻轻地拍、轻轻地摇、轻轻地呼喊，外婆已丝毫没有反应。

外婆坐在铺着澳大利亚羊毛毯的藤椅上，安详地睡去了，永远地睡着了，静静地告别了生命，告别了她疼爱的子孙、热爱的月岛故土。长辈说，她是喝了我炖的燕窝汤、小舅妈熬的骨头粥，饱着肚子走的，这个兆头是好的。

但她肯定是不愿意走的，想和阿拉儿孙们再多待一会儿，再享受几年天伦之乐。大家都意识到，老祖宗真的走了，都想痛哭一场。

这时，三舅用命令的口气小声地讲：“不许哭，做事体。”

母亲瑞雪、小阿姨瑞雰、二姐跃萍等捧来热水、拿来毛巾，帮她擦拭身体，让她干干净净、体体面面地离开。最后小阿姨合拢了外婆微张的嘴。

宁波老话：“不要看 18 岁姑娘出嫁，要看 80 岁婆婆出殡。”意思是，姑娘出嫁的声势显示的只是父母的财力，看不出姑娘本人的能力；而老婆婆出殡，如果声势浩大，那么说明老婆婆家管得好，子孙有出息。

外婆的后事原想本着外婆的遗愿，不惊动众人，所以没有发讣告。但外婆去世的消息还是一传十，十传百，送来的花圈有160个，一直排到小区的大门口。瞻仰的人一批接一批，有亲戚、好友、新老邻居，还有儿孙们单位的领导、同事。从月岛一起搬到白云的史阿姨夫妇，那时正在海南岛过冬，一听说庄家外婆去世了，马上托自己的儿子送来一个花圈。王师傅的儿子，二话不说，送来四个花圈，说是其中有两个是替其父亲和两个哥哥送的。

宁波百姓家有人过世，亲人办理丧事的整套流程叫“做七”。每隔七日，设斋祭奠，“三七”“五七”“七七”是大“七”，不能错过，要举办隆重的仪式。正七日中午最好到寺院去由七个法师做一次佛事，宁波百姓一般找四个专业念经婆婆到家里念《地藏经》《金刚经》等。

外婆过世的当天，家人就开始在家设立灵座，每日哭拜，早晚供祭。现在宁波习俗为人放三天，第三天一早出殡仪式完毕，就去殡仪馆，最好进第一炉火，叫“烧头炉”。二姐说，外婆曾经表示她去世后遗体要在家安放五天，所以庄家遵从外婆的遗愿。

第五天清早，给外婆举行大殓仪式。举行仪式的陈师傅，70岁开外，从年轻时就从事该行业，他讲：“这是我人生最后一次服务，因为徒弟小陈一定要我‘出山’，特别讲起老婆婆一生为人，我才来的。”

大殓仪式整个过程有礼有节，虽然有人迟到，虽然也有曲折，但一切如外婆生前所愿，料理得当。在南方，大殓仪式举办时间有一定的讲究，然后有一整套说辞。

仪式圆满结束后，三舅把一只内装2000元的信封交给大殓师傅作为酬劳，讲："陈师傅，很圆满，您辛苦了！"大殓师傅居然死活不收，并讲："要钱我就不会来了，老婆婆大大好人，做人也要积德。"三舅见他吸烟，就把两条"中华"烟递给他，但是他还是不肯收。这个老师傅真是个实在又热心的人，从"老婆婆大大好人"这一句可以看出他十分敬重外婆。

这让我想起第81届奥斯卡最佳外语片《入殓师》，故事讲述了男主角本木雅弘扮演的日本入殓师，从误入该行业，到最后懂得尊重逝者，尊重生命。也许大殓师傅和男主角的心境一样，外婆让他格外敬重。

出殡的队伍浩浩荡荡，开道车、殡仪馆灵车、大客车、告别的小车队，装满花圈、棉被的货车，绵延一公里。凌晨车辆较少，但一路开去都是绿灯，这是巧合也是奇迹。王阳明有云："人到纯乎天理方是圣，金到足色方是精。"大家不得不感慨：连红绿灯也给老人一路走好的方便。

外婆故去的那天，原本是大姐买好机票准备回澳大利亚的日子。中午她听说外婆不是很好，急忙赶到家，陪着外婆走完了最后一程，当即延后回程时间，做完"七七"佛事后才回家。令众人称奇是：外婆过世，从做"头七"开始，到"二七"……"七七"、百日、周年，都逢星期六晚上与周日。大家戏称，外婆平常总是关照下一代"工作第一，不要影响工作"，所以不想因为她的事耽误大家工作。每次做七，都是周六晚上夜香，周日中午祭奠，因此，所有晚辈都可来参加。

传说"五七"是亡灵回家的日子，家里必须摆放一些亡灵使用过的毛巾、洗脸盆、衣物，床头要放水果、糕点，不能放饼干或以“饼”字结束的任何点心。“五七”时女儿送粽子摆放，必须解开粽子的绑绳，叫“解散”。现在可提早到“三七”时解绑绳。那天晚上家人都会守夜。

按宁波人风俗，“七七”是亡灵离开升天的日子。这些习俗基于“转变、相续、循环”等理念。据我观察，这些烦琐的“做七”习俗，其实只是亲人在转移自己的注意力，分散自己悲伤的情绪，然后通过买东西、摆放、整理、接待亲戚往来等这些仪式缅怀亲人，也是为了走出心理阴霾，给予自己安慰。

但逝者已逝，生者如斯。家人还是要尽快从失去至亲的伤心哀痛中走出来，调整好心理状态好好生活与工作。

《黄帝内经》提到：怒伤肝，喜伤心，悲伤肺，忧思伤脾，惊恐伤肾，百病皆生于气。因此，人一定要做情绪的主人。小时候苦难、中年艰难、晚年遭遇磨难的外婆，生命最后十年心情一直很平静。

儿孙绕膝，蜡烛燃尽，无疾而终，超级外婆“功德圆满”，生命无憾。

丝丝杨柳染鹅黄，桃花乱开临水傍。隔岸谁家好楼阁，燕子一双飞过墙。

——元　乃贤《月湖竹枝词四首题四明俞及之竹屿卷·其一》

尾声

家风家教家训

2010年正月二十八中午，在蓝天路108弄8号205室客厅，外婆坐在藤椅上，缓缓地闭上眼睛，驾鹤西去，享年92周岁。

《论语·为政》对孝之礼仪的解说是："生，事之以礼；死，葬之以礼，祭之以礼。"孔子认为要依照礼节侍奉父母，父母去世后要有葬埋的礼节，还要按时节祭祀。《礼记·祭统》再一次强调："是故孝子之事亲也，有三道焉：生则养，没则丧，丧毕则祭。"所以，政府也很重视这个传统，清明节设有一天的公假。清明这一天，人们按照传统习俗祭祀扫墓，携带酒食、果品等供祭在亲人墓前，焚化纸钱，为坟墓剪除荆草，培上新土，插上鲜花、新枝，然后点香、蜡烛祭拜，叩头行礼。祭祖日，其他地方还有四个时节：寒食节、端午节、中元节、重阳节。宁波人还有过年前的一次祭祀，在家里举办仪式，必备菜有不能破肚子的黄鱼、猪肉、鸡肉、虾、黄豆芽（寓意发）、藕（寓意路路通）等，还要摆放三色水果与点心。

外婆当然不愿闭上眼睛，如果可以的话，她还想看到第四代、第五代儿孙们个个生龙活虎、幸福美满。但是生老病死，烛光燃尽，是任何人都不可抗拒的客观规律。

事业和财物都会随着人的死亡而消失，但圣贤的精神却可以亘古不变；功名利禄和荣华富贵会随时代的变化而转移，但气节却可以万古不朽。《传习录》中记载："人到纯乎天理方是圣，金到足色方是精。"超级外婆的精神永存，"家庭和睦第一""工作第一""他人第一"的良好家风要传承下去，家风家训永存。

人生在世，眼睛一闭一睁，一天过去了；眼睛一睁一闭，一世过去了。"同船共渡百年修。"同甘共苦，同舟共济，是人类美好的品德，是一种理想的境界。人生短短的时光，互相帮助，互相鼓励，共享美好生活才是最有意义的。

外婆虽然已离我们而去，但她的精神永远活在子孙心中，她希望我们这个小家庭、社会这个大家庭平平安安、和和睦睦，有悲同哀，有福同享，有难共当，有喜共庆，一年更比一年好！

相信外婆在天堂看着，期盼着……

清代名臣曾国藩频繁写家书，既是为了委婉地向皇帝表忠心，以示作为湘军首领的他没有忤逆之心、作为两江总督的他没有篡位之意，也是为了防止别人的腹诽。曾国藩更深知，家风家教家训对子女人生有重要的影响。他极其重视家庭教育，子孙教育的重点在“三修”：修心、修身与修行。

无意中，我发现外婆的做法跟曾国藩提倡的治家之道的“八字诀”不谋而合：“早”（早起）、“扫”（洒扫）、“考”（祭祀祖宗）、“宝”（善待亲族邻里）、“书”（读书）、“鱼”（养鱼）、“蔬”（种菜）、“猪”（养猪）。除了后来养猪被禁止，月湖不用亲自养鱼外，超级外婆一直身体力行，早起、烧热水、给祖先敬茶、洒扫庭院、参加扫盲班、听新闻联播、鼓励孩子上大学、加入中国共产党……

曾国藩认为家庭的关键是要形成一种勤俭持家的风气。外婆勤俭的习惯与仁爱的为人，为庄家人树立了榜样。

中华民族传统文化重视家庭、重视亲情，党的十八大以来，习近平总书记在不同场合多次谈到：“不论时代发生多大变化，不论生活格局发生多大变化，我们都要重视家庭建设，注重家庭、注重家教、注重家风……”2021年10月23日，中华人民共和国主席习近平签署中华人民共和国主席令第九十八号，公布《中华人民共和国家庭教育促进法》，那天我正在一所学校做家庭教育指导志愿者。

超级外婆养育了十个子女，很长一段日子里，她既当母亲，又当父亲，她用自己一生的心血，抚育儿孙们，使之茁壮成长，成名成器成家。超级外婆有金句：**“家勿和被人欺，邻勿和被贼欺。”“吃亏就是占便宜，很多事情吃小亏占大便宜。”“教子有方，门庭兴旺；教子无方，家几荡光。①”“儿子孝不如媳妇孝，囡好不如女婿孝。”**

其实，外婆金句全部来源于宁波方言。正是外婆的这些金句，正是外婆身体力行的榜样作用，在庄家营造了良好的家庭氛围。

只有形成良好的家庭氛围，才可以培养出贤子贤孙。因为父母的言传身教，潜移默化，是最好的教育。一个家庭里的成员，互相尊重，互相团结，就可以拧成一股绳，就没有什么办不到的事情，这样的家风家业才可以代代相传。

行文结尾，引用吴冠中谈“双燕”与贺知章所作《回乡偶书》中的句子：

往事渐杳，双燕飞了，
燕子飞去，画境犹存。

唯有门前镜湖水，
春风不改旧时波。

---

① 方：方略，成效；家几：家产；荡：无节制地挥霍。

参考文献

［1］周志锋．周志锋解说宁波话［M］．北京：语文出版社，2012.

［2］周志锋．明清小说俗字俗语研究［M］．北京：中国社会科学出版社，2006.

［3］朱彰年，薛恭穆，周志锋，等．阿拉宁波话［M］．上海：华东师范大学出版社，1991.

［4］周时奋．活色生香宁波话［M］．宁波：宁波出版社，2000.

［5］王守仁．王阳明全集［M］．上海：上海古籍出版社，2011.

［6］徐季子，周冠明．千年月湖［M］．宁波：宁波出版社，2002.

［7］方同义．千年文脉：浙东学术文化［M］．宁波：宁波出版社，2014.

［8］龚烈沸．天一阁·月湖历代诗词汇编［M］．宁波：宁波出版社，2020.

［9］黄文杰．书香月湖：江南士人的精神构建与历史流变

［M］. 宁波：宁波出版社，2016.

［10］徐晓虹，唐亭 . 宋朝月湖的休闲文化［M］//宁波市海曙区政协 . 璀璨明珠：月湖 . 北京：中央文献出版社，2002.

［11］徐晓虹 . 易被误读的高丽使馆遗址：“一带一路的活化石”［J］. 宁波开放大学学报，2021，19（4）：1-4.

［12］徐晓虹 . 宁波红色文化［M］. 宁波：宁波出版社，2019.

［13］徐晓虹 . 龙场悟道与格式塔顿悟学习论：阳明心学与心理学之辨析二［J］. 贵阳学院学报（社会科学版），2019，14（3）：17-19，40.

［14］徐晓虹 . “阳明心学”之心理学辨析［J］. 宁波大学学报（教育科学版），2016，38（6）：10-15.

［15］徐晓虹 . 儿童心理辅导范例［M］. 宁波：宁波出版社，2017.

［16］罗丹纳 . 从旅游文学看宁波明清时期旅游地形象感知：以月湖为例［J］. 宁波大学学报（人文社会科学版），2021，34（1）：65-71.

［17］张如安. 宁波历代饮食诗歌类编注释［M］. 宁波：宁波出版社，2021.

［18］徐晓虹. 月湖诗词中的宋韵休闲文化［J］. 天一文苑，2023（2）：55-69.

后记

本书的写作起源于我三舅的一个愿望，他想把外婆曲折的一生写下来，祭献在外婆的百岁诞辰仪式上。一开始，他积极伏案、纸上耕耘，三舅妈看他奋笔疾书的样子很心疼："经常写到很晚才睡觉，有时边流泪边写。"可惜，他拿给我看的一叠原始文稿，很多字迹根本看不清楚。不过，这些手稿毕竟都是三舅的心血，于是，我努力辨析，并转录成电子文稿。但由于单位工作较忙，我只能利用碎片时间加以修改与润色。让人难过的是，2018 年 1 月 19 日中午，三舅在小区里莫名摔了一跤，本来他在 ICU 情况一天天好了起来；本来他五天危险期已过，一切指标正常；本来我计划等三舅出院后去他家探望。不承想，三舅在住进 ICU 的第七夜溘然离世。2018 年正月二十八是外婆去世八周年的祭日，我终于整理出三舅手写的《忆母亲赵照云》3 万字草稿。

书名定为《月湖的超级外婆》，是 2017 年暑假我在加拿大多伦多同学家倒时差时的顿悟，就像《少年心事》定名一样，灵光闪现。2018 年暑假，我决心着手撰写本书。为了纪念三舅，序言采用了他的底稿，再次疏通文句，基本保留了他的语言风格。然后采访了最熟悉外婆的父母辈，所以书稿已由庄瑞雪、庄瑞雰、庄瑞雯等做了大量补充，在此一并表示感谢。

需要廓清的概念是，本书定位为非虚构性文学作品，“非虚构性”指的是有事实依据，“文学作品”指不是绝对真实的，因为很多材料无从核实，采访的当事人讲的内容也不一定与事实真相契合无疑。本书也不是家族评论史，不会比较谁对家族的贡献更大，所有选择的内容主要是为突出主人公月湖的超级外婆曲折而精彩的人生。这点务请亲友谅解。

本书根据情节需要使用宁波方言，月湖的超级外婆在旧社会没有受过任何教育，解放后参加新中国的扫盲班后识字。她特别喜欢看宁波电视台与中央电视台的新闻，通过新闻了解本地与国家大事。所以，她的智慧主要来源于浸润着她的宁波地域文化，其重要载体就是宁波方言。平常外婆确实也是在口述一些生活智慧，所以，本书糅入了大量的特色方言。《佐贺的超级阿嬷》里有许多阿嬷的哲理，我将外婆为人处世之道冠名为“外婆金句”，干脆就以宁波方言呈现。

本书具有宁波地域人文特点。宁波古称明州，因日、月二湖得名；月湖又称西湖，亦曾称鉴湖。古代月湖占地南北约 1160 米，东西约 130 米，周围 2430 多米。在月湖汀洲岛屿及周边土地上，沉淀着深厚的文化内涵，构成了多彩璀璨的传统文化，始于唐五代，盛于两宋，延续普及于明清，转型于近代，衰于民国后期，再兴于当代。1998 年政府改造月湖地区为风景区，挖掘出许多珍贵文物。

我在撰写本书时试图展现月湖文化的些许瑰宝，尽一名宁波文化研究者的职责。比如清初大史学家和大文学家、浙东学术的代表人物全祖望先生在《鲒埼亭集》里有不少关于月湖的诗句，比如各朝代月湖边的藏书楼、月湖的书院文化，还有“一带一路”活化石——高丽使馆，以及水则碑水利工程、清真文化等。个人设想很美好，随机插入地方文化，而现实很骨感，写作水平实在有限。

古时的日湖早已被填，如今的月湖却愈发迷人。月湖历来人文荟萃，年年岁岁花相似，岁岁年年人不同。湖畔何人初见月？湖月何年初照人？回忆我的外婆、我的童年，人生代代无穷已，湖月年年望相似。外婆已逝，精神长存；月湖文化，璀璨夺目，永远熠熠生辉。

本书出版得到宁波市领军拔尖第一层次人才项目资助。特别感谢我的老师宁波方言大家、宁波大学周志锋教授给予方言的一一订正。感谢我的老师语言学家、浙江大学汪维辉教授所作的序言，感谢各位专家的垂阅与校订，感谢编辑的仔细核对。

是以为记。

徐晓虹

2022 年 5 月 13 日